やさしく生きたい

私を育ててくれた戦後教育と四万十川

青木 悦

けやき出版

桃の花と吾妻小富士に残る「雪うさぎ」――典型的な福島の春　（撮影・工藤敏夫）

四万十川・百笑（どめき）付近。右手中央の樹々の下あたりが遊び場だった
（撮影・坂本鉄平）

やさしく生きたい
私を育ててくれた戦後教育と四万十川

目次

第六章　私が悪いわけじゃなかった——幼児期から小学校時代　一九四六年〜一九五〇年代

咲き乱れる花々と放射能——序にかえて

私たち夫婦が一〇年ほど前に植えた辛夷《こぶし》が、白い花を咲かせていました。みずみずしく、肉厚なその白いかたまりの重量感、そして寄り添う葉もないまま、ツンとして咲く様に、孤の強さを感じ、じっと見つめていました。

連翹《れんぎょう》も満開でした。黄色い滝のように塀ぎわに並んで、そこだけ光って見えました。古い家の右の入口には、この家を建てた四〇年以上も前に今は亡い義父が植えた桜が七分咲きでした。満開よりもこのくらいのときが私は一番好きです。

去年こぼれ落ちた菜の花の種がヒョロヒョロとあちこちで芽を出しパラパラと黄色い花をつけています。私は一面の菜の花よりも、こんな風に道端や畑の中に咲く菜の花が特に好きです。その向こうには隣家の花蘇芳《はなずおう》の紅紫の色も見えます。そしてずっと遠くには、雪をかぶった吾妻山・奥羽山脈につらなる峰々。晴れわたった青い空。

東北・福島で一番美しいこの春、私はそれらをシーンとした思いで見つめていました。

この美しい花々の間を、得体の知れないものが少しずつ流れている、そう思うと胸が痛くなりました。

そう、放射能です。二〇一一年四月、私はふるさと福島にいました。一ヵ月前、三月一一日にこの東北を中心に大きな地震が襲いました。マグニチュード9という、六五年間生きてきた私も初めて経験する大地震、いわゆる東日本大震災です。

その日、私は東京・文京区の自宅兼事務所（この福島市の古い家に負けないほど古い、築三五年の木造の貸家です）におりました。そのとき、机に向かって何か書類のようなものを書いていて、ガタガタッという揺れにあわてて飛び出したのですが、道路に出て、ガタガタという各家の揺れる音、樹々がザワザワいう音、車の急ブレーキ、それらは覚えているものの、その後はあまり記憶がありません。ふと見ると、左手には大型の茶封筒一枚持っていて、隣の奥さんと手を握り合っておりました。

とても長い時間に感じられました。少し収まったとき、震源地はどこだ？　東北だったら福島に八六歳の義母が独りでいる、そう気がついて家に走りこみました。二日ほど前にも宮城県沖で地震が起きていて同じようにしたのです。後で、これは予震だったと発表がありました。余震ではなく予震だというのです。後で「予」と言われてもねえと思いました。

玄関の花びんが倒れ、百合の花が床を埋め、水びたしでした。その上を走り、テレビをつけました。震源は宮城県沖と、アナウンサーが叫ぶ声が聞こえました。すぐ義母に電話をしました。呼出音が鳴っています。今までの経験で、地震の揺れが収まるか収まらないかという瀬戸際に電話をかけると、意外にもつながることがあることを知っていました。

「ハイ」

息をはずませる義母の声が聞こえました。

「お母さん、大丈夫?」と言うと、息を吸って、義母は「うん、大丈夫。そっちは?」と言いました。

「大丈夫」と言ったとき、次の大きな揺れが来ました。

「また来た。お母さん、また電話する。気をつけてね」と言って、またミシミシ揺れる家を飛び出しました。

上野から白山通りにぬける、言問通りにはたくさんの人が出ていました。近所のそば屋さんのおばあさんは、今回はヘルメットをかぶっていました。さっきはかぶっていなかったのに、さすが、と、妙に感心して、再び隣の奥さんと手をつなぎました。

夫に「大丈夫、お母さん、生きてる」と言いました。夫は「よかった」とひと言いって、まわりを見つめていました。

お母さん生きてる、なんてオーバーかもしれません。しかし逆にいえば、地震、津波によって二万人以上の人が亡くなり、行方不明になっていたのですから、オーバーでも何でもなく、あたりまえの言い方だったのかもしれません。そのときは津波のこともまだ知らなかった、要するにこれほどの大震災とは気づいていなかったのです。

少しずつ揺れが収まって、家に入りました。本やビデオテープ、花びんなどがひっくり返っていましたし、二階に住んでいる私の友人はテレビが落ちていると言っていました。しかし夫と友人と私の三人は、片付けも忘れてテレビの画面に見いっていました。巨大な津波が、美しく整備されたビニールハウス、畑、田んぼ、家々、漁船、車を次々に呑み込んでいく光景でした。

そしてこのときから、福島の義母、その近所の人、親せき、都内に住む息子一家とも、電話は一切つながらなくなりました。ケイタイ電話を持ったまま、文明の利器なんて、いざというとき役に立たないのねえなどとブツブツ言いながら、余震に脅える日々が始まりました。

都内では夜おそくなって電話が通じて、息子が勤務先から歩いて自宅に帰る途中であることを知りました。私の知り合いの夫さんは神田から国分寺まで歩いたそうです。もっと歩いた人もいたことでしょう。電車もまた文明の利器、いざというとき私たちに残されたのは歩くという、極めてアナログなことでした。

近代的な機械の代表のように見えていた（見させられていた）東京電力福島第一原子力発電所の事故もまた、東京で止まった電車のかわりに徒歩で帰宅するなどというのとは比較にならない被害を私たちに与えています。

福島第一原子力発電所に危険が迫っているというニュースを見て、私は心臓がドスンと身体の中を落ちていくような気分になりました。ウソーッという声が聞こえるような気もしましたが、ああ、やっぱり、やっぱり現実はすごいと、思いました。

その夜から、菅直人首相は福島第一原発から半径三キロ圏の人たちに、二〇キロ圏の人たちにと次々に避難指示をしました。以前、講演で歩いた富岡町などが入っています。このまちの高校で「いじめ」などについて話したのはもう何年前になるでしょう。私から見れば行儀の良い当時の生徒たちはとてもまじめに話を聴いてくれました。それはとても印象に残っています。そのとき、一生懸命しゃべった友人関係の難しさ、思春期のイライラ、親への反発などといった〝問題〟が、今、とても遠くにある、小さな小さなことに思えていました。そんなことは人が生きていてはじめて大切なことになる、そんな種類のことなのだと、あらためて、生きていることが一番の優先順位なのだと、思いました。

その当時、この福島の「原発銀座」（当時地元の人たちは正直、この原発を自慢しておりました。私にはそのことが理解できませんでしたが、黙っていました。この場で、それはおかしいと言いづらいものを感じていました）を歩きながら、私はとても落ち着かない気持ちを抱えていました。

講演後、出会った当時の先生方などまちのエライ人たちに、原発は危ないですよねえと、私としては極めて遠慮がちに発したのですが、それに対してある人はうつむき、ある人は無視して隣の人としゃべり始め、ある人は強く反発しました。「いや、絶対に安全なのだから」と。

車で通った「銀座」には立派な建物が並んでいました。しかし、人はとても少ないのです。「人が少ないですねえ」と言うと、そのとき運転してくれていた人は「過疎なんですよ。だから原発ができると仕事場ができて助かるんですよ。でもねぇ、思ったほど人は増えません」と言いました。立派な建物と人の少なさが私を落ち着かなくさせていたのです。

教育の講演に来て、現地の人と原発をめぐって論争するのは私はいやでした。本当に教育を考えるなら、子どもの命を考えるなら、避けてはいけないことでした。しかしそうするにはまちの現実の重さと、私個人が引きうけられない問題の大きさを考えなければなりません。できもしない、全力をかけてそのことでがんばる気もない、それなのにそこに住むしかない人を批判することは、私にはできません。

その旅の前に私は、少年たちがホームレスの人たちを襲った事件の取材のなかで、原発で働いたことのある人たちに出会っておりました。その現場がどれほど危険で過酷なものか、多少は耳にしておりました。

そんななかで、とうとう福島第一原発は、その建物の外側をおおうものを爆発で飛ばし、無残な姿をさらしました。おそらくたくさんの放射能をまわりに飛ばしました。三キロ圏、二〇キロ圏の人たちはとりあえず避難していてよかった、と私は思いました。「避難などあり得ない」と言っていた人たちが、おそらく着の身着のまま避難したことと思いますが、思いのほか早く避難したという報道に私は、やっぱりみんなもほんとは恐かったんだよねーと、テレビに向かってつぶやいておりました。その後の東京電力や政府などの調査を見て、このときすでに被爆している人がいると指摘する人もいますが、真実は、私にはわかりません。

しばらくして落ち着いていくなかで（原発そのものは落ち着いていませんが）、各地の放射線量が発表になっていきました。政府が指示した二〇キロ、三〇キロの半径を越えて、飯舘村、福島市など、北西部の数値が妙に高いのです。福島市には母がいます。親戚も知人もいます。勝手なもので、自分に近い人たちの住む所がずっと気になり始めました。

やがてこの飯舘村にも「計画避難」なるものが及んでいくのですが、そういうさわぎのなかで私たちは、美しい東北の春、しかも地震や津波という、目に見える被害はほとんどない、花々が咲き乱れる福島市におりました。いくつかの幼稚園や小学校、中学校の校庭の放射線量の数値が高くて、外遊びや運動に制限も始まっておりました（その後、制限は解除されましたが、制限・解除を決める数値の根拠に疑問も出されています。また、校庭などの表土を削る対策をしたものの、その表土の持っていく先がなくて苦労している現状もあります）。化学物質で命が失われていく危険性を描いたレイチェル・カーソンの『沈黙の春』を、私はずっと思いうかべておりました。

この本の中身と原子力発電は一致するものではありませんが、本のタイトルが、私の目の前に広がっていると思いました。「春」なのです。いっぺんに花々が咲く、美しい東北の「春」です。でも「沈黙」なのです。シーンとした、ある意味不気味な「春」でした。

この文章を書いているのは二〇一一年四月末、東日本大震災から一ヵ月半ほどの時点です。この一ヵ月半、強い余震に脅え、初めの頃は服を着たまま寝ました。東京ではなぜかトイレットペーパーがなくなり、私は滋賀県の友人に頼んで送ってもらいました。その後「何かできることある？」と言ってくれた各地の友人に、「なぜかトイレットペーパーがないのよ」と言うと、福井県大野市から、福岡県から大きな段ボールが届きました。びっくりするほどの量のトイレットペーパーで、近所の人が見たら買い占めたみたいに思われると笑いあったりしました。

電池も水もなくなりました。水はわかります。停電したら水の出ない高層住宅に住んでいる人や、放射能物質が東京都の水道にも含まれ、幼児には危険が予測されましたから。声高に節電が叫ばれ、これ以上節電しようもないなかに生きてきた人たちは、苦笑していました。私は無駄に電気を使ってきたとは全く思っていません。身体が弱いから暖房も冷房も、東京で暮らしていく上では命綱でした。夜眠れなかったら翌日仕事ができないからです。だからあまりにも声をそろえて節電、節電といわれると、体力のある人しか生きていかれないという風に聞こえてしまって、愉快ではありません。あたりまえのことをことさら言いたてる時代は、いい時代ではないと思っています。

ただ、この大震災は、ずっと書こうとしてなかなか果たせなかった自分の歴史と重ねた戦後史、それをまとめるきっかけになってしまいました。今回のことでさらによくわかったことは、戦後教育の意味、その後のこの国の二重構造のおかしさ、いささかオーバーなことをいえば私の生きてきた時代が見えてきたということです。

だから今、私はとても元気です。長いこと（二、三年にもなりますか）、自分の存在意義が見えなくて（今だって見えたと言い切ることはできませんが）、何をやっても空しい、例えば原発の危険性をどれだけ言っても、デモしても、国会に行っても、ちっとも原発は減らない、やっと政権交代したのに今度の人たちも原発で行く（事故後、考えを改めた人もいるようですが）と言うし、教育基本法も少年法も改悪させるし、何をしても空しいという無力感に襲われていました。

しかし今、私は、ＦＵＫＵＳＨＩＭＡに帰ろうと決心をはっきりしました。去年あたりから東京での生活を整理して、二〇一二年の夏頃には福島に帰ろうと、話し合っておりました。親しい友人には二、三話したりしましたが、二〇一二年の年賀状で公にするつもりでした。そこにこの地震、津波、原発です。福島市も避難の対象になれば別ですが、そうならない限り、あるいはそうなっても強制避難の対象でない限り、私たちは福島に帰ります。

そうハラが決まっただけで元気が出ました。そして今回のことから見えてきたことを書こうと思いました。今回の大震災によってあぶり出されたものを私なりの場所から書こうと思います。その後の章で、私の生い立ちから学校教育、仕事など、思ったままを正直に書いていきます。時間は行ったり来たりします。とりあえず、いま思う素朴なことを書き残します。

第一章　大震災に思う

――二〇一一年三月一一日

意外にアナログだった原発

三月一二日から少なくとも一週間ほど、私は自分の日常生活に細やかな記憶がありません。ドロ縄もいいとこ、と言いながら貴重品をまとめ、懐中電灯をあらためました。地震後、懐中電灯用の大きな電池は東京でも、さらに先述した友人たちもさがしてくれたのですが滋賀県、福井県、福岡県でも、身のまわりから消えていました。ただ私はふだんからいつも懐中電灯を家の中、枕元に用意していました。毎年台風に襲われる高知県に生まれ育ったせいだと思っています。寝るときもパジャマにならず、一日に何度も貴重品を持って表に飛び出したこと、その度に隣家の奥さんが犬をつれて飛び出してきて、その犬となかよしの夫がビーフジャーキーを用意して出ていたことぐらいは覚えていますが、自分たちが何を食べていたかなど、全く記憶にありません。

私はただじっと、無残な姿をさらす東京電力福島第一原子力発電所の四つの建物を、NHKテレビを通して見つづけておりました。三月一二日午後の一号機、同一三日の三号機の「爆発」も見ました。衝撃でした。このときおそらく、今までのところ最大の量の放射性物質が飛散したことと思います。

この「爆発」以前に避難した人たちは、また危険を察知していち早く逃げた人たちは放射性物質は浴びてはいないと思われます。しかしその人たちの子どもが千葉県などの避難先で「放射能が移る」と差別されたことを報道で知りました。胸が痛くなりました。その後、福島の知人から、この子たちは避難先を〝避難〟して、福島に帰ったと聞きました。テレビでは「被災者と私たちは心はひとつです」などと美しいことばが流されていました。そういうことばの裏側で〝正直な〟子どもたちはおとなの無知を体現していました。

一方でいわゆる「風評被害」もひどいものがあります。「風評被害」なんて表現ではなく根拠のない「いじめ」という方が実態にあってます。食品に放射性物質が入ることはとても危険ですから、福島県産の野菜、茨城県沖の魚に危機意識を抱くのは当然のことですが、それは「風評」ではなく放射性物質の数値を計ればわかることです。国や県が発表する数値が信用できないという人もたくさんいますが、それは別の話です。

福島県の隣の県に観光客が来なくなり苦労しているというニュースが流れました。隣の県だけでなく日本中で観光客は激減しましたがこれも当然といえば当然です。日本という国を世界地図で見れば、文字どおり芥子粒《けしつぶ》といっていいくらい小さな国です。そこに「福島」という地名を書き込んだら、その文字だけで日本中がおおわれてしまいます。日本中に放射能があふれていると思ってしまうでしょう。無理のないことです。

しかしそのニュースでは、福島の隣の県の観光課の担当者が言いました。

「福島との県境に三つの線量計を配置しました。ここは安全なのです。どうか○○温泉に来てください」

私はびっくりしました。要するに県境に三つの線量計を置いていつも測っているから安全なのだというのです。水戸黄門の印籠じゃあるまいし、たった三つの線量計で測って、数値が高かったら客を逃がすから安全とでも言いたいのでしょうか。放射性物質って、県境や町境で防げるものなのでしょうか。

知り合いの福島の人が仕事で隣の県に車で行きました。用を済ませて車の所に帰ると、福島ナンバーの車だったからでしょう、ボンネットの上に石が置かれていたそうです。悔しかったと思います。聞いた私も悔し涙が浮かびました。他にも、福島から出るときは車を使わないようにしているとか、福島の車お断りという駐車場があったとか、胸が痛くなるおとなのいじめもあちこちで起きています。

このあり様も「戦後」の二重構造の一つです。地震や津波といった目に見える災害に対してはこんな差別はすぐには起こりません。目に見えない放射能だから、そして何よりも世界で唯一の被爆国であるこの国なのに、教育できちんと放射能のことを教えてこなかったことが問題です。もっときちんと言えば戦争中に落とされた原子爆弾と、ずっと全国各地に作られていった「原子力の平和利用」とされた原子力発電所が、同じように危険なものだということが隠されつづけてきた、そこがこれらの差別の原因だということです。

今さら「だまされた」なんてことばは聞きたくありません。でも、教えてもらえなければ、みんなその日の生活に追われているのですから、放射性物質について「学ぶ」ことは困難です。だったら尚いっそう、「学ぶ」ことで生活してきた専門家、学者、そして多少はそのことの危険性を知っていた私のようなジャーナリストの方が責任は重いでしょう。差別されてふるさとに帰った子どもの心の傷を思うとき、車に石を置かれた人の悔しさ、恐怖心を思うとき、自分を責めながらも、やっぱり書こうと決意したのです。

もちろん原子力の〝専門家〟ではない私は、テレビや新聞の報道を批判するほどの専門知識はありません。できたことは、報道されることを「本当?」「そうなの?」と疑うこと、不安ならその部分を本で確認するぐらいのことでした。

福島第一原発の今の〝真実〟は、実はあんまりわかっていないんじゃないかと思っています。原子力発電のことはわかっていても、事故後の対応はわかっていない、といわれても仕方ないでしょう。何しろ事故そのものが「想定外」だったというのですから。

これらの日々のなかで私は戦後社会の二重構造の一つを思い知らされました。科学というこ とばの持つカラクリを思い知らされました。それは、さほどに学問的なことをいうのではありません。

原発の建屋《たてや》（原子炉を覆うコンクリート製の四角い箱のような建物）が吹き飛んで目にとびこんできたものは、なんだか木製の枠のように見えました。以前原発の近くを車で通ったときにも感じたのですが、このコンクリートの箱に絵のようなものが描かれていました。海のような、波のような、私には何ともチャチな、人を欺くのもいいかげんにしろと言いたくなるような絵でしたが、地元の人は「自然との融合をめざして…、コンクリートむき出しではあまりにも無粋ですからねえ」と言いました。反論はしませんでしたが、いつも時代を先に読む詩人ならあの絵の箱そのものに危険を察知したでしょう。もちろん私はそこまでの感性はありませんのでせいぜい「あんなセンスの悪い建物、見たくもない」と、後で夫につぶやくだけでした。

そのとき私は、今このとき、原発で何かあったらどうしよう、一時も早くこの場を去らなければと思っていました。事故で避難してきた子どもを差別した子どもを非難できません。このときの私は、やっぱり、自分がその場にいたくない、いなければいいという極めて自己中心の思いだったのですから。

その「センスの悪い」建屋が壊れた後、次々とテレビに展開される光景に、私は心から驚きました。正確な時系列ではありませんが、思ったことをそのまま書いておきます。

一、建物の骨組みは鉄製だったろうけれど、目に見えたのはバラバラになった木枠。

一、炉を冷却しなければ大変ということで、何とヘリコプターで海水を浴びせたこと。山火事を消すのと同じじゃないか！

一、結局は、原発が常時準備してあるハズの消防ではなく東京消防庁の人たちが、人力で、ホースを配備して、消防車で放水したこと。

一、その後、トレンチといわれる管の中にたまった高濃度の汚染水があふれ出るのを防ぐために土のうを用意したこと。

一、その後わかった取水口からの水もれを防ぐため、オガクズ、新聞紙を混ぜた吸水ポリマーを投入（紙おむつの素材として使われるため「おむつ作戦」などと言われた）。

一、それでも水が止まらなかったので、ピット（取水口）そばの砕石層に水ガラスという止水剤など投入したこと、等々。

必死で現場で働く人たちのことをとやかく言うつもりは全くありません。先述したように原発の現場で働いて、その後、身体をこわした人たちにも会ってきました。非人間的な職場そのものの問題は別です。

ここで私が思ったのは、絶対安全の、平和利用の、クリーンな、極めて厳格に制御されているとされた原子力発電所――テレビで長い間流されてきたクリーンなボタン、スイッチがズラリと並ぶ管理室の映像などと重なって、私たちはここから、とても〝科学的〟なイメージを抱かされてきた、それらはいわゆるアナログではない、とてもスピーディーな、機械的なものというイメージだった、それなのに、事故が起きてからの対応はアナログそのものではないかということでした。

ヘリコプターによる散水、消防ホース、土のう、オガクズ、新聞紙、紙おむつ素材、水ガラスなど、六五歳の私にとって見なれた、聞きなれた、その意味でとても素朴なものばかりでした。何だ、と笑うよりも、哀しくなりました。こんなことだったのか、だったら尚のこと危険だったのではないか、そう思いました。

その点についてアナウンサーから問われた〝専門家〟が、

「原子力発電所といっても、一つひとつは具体的なモノ（アナログとはさすがに言わなかった）のつみ重ねで作られているんですよ」

と言ってました。私は思わずテレビに向かって「だったら初めからそう言いなさいよ」と声をあげておりました。

〝専門家〟は初めからそう言っていたのかもしれません。しかし少なくとも私は、原子力発電所というものにもう少し機械的なもの、科学的なものというイメージを持っておりました。その力を止めるために、土のう、オガクズ、新聞紙、紙おむつの素材を使うとは思ってもいませんでした。ましてや、どこから高濃度汚染水が漏れているのかを調べるために入浴剤を使うなんて、まさに〝想定外〟でした。

なぜ、私がそう思ってしまったのか、ここが大切なところだと思っています。原子力発電所の中にはけっこういろいろな人が入って見ることができます。印象的なのは管理棟と呼ばれる、ボタンスイッチなどがズラリと並んだ部屋です。私は入ったことはありませんが、写真や映像で何回も見ました。

私などのようにひねくれた〝老人〟は、それらのボタンスイッチ群を見ただけで「すごい!」などとは思いません。この部屋に電気が来なくなったらどうなるの? と思います。発電所といったって、そこが発電するための電気はどこから持ってくるのでしょう。それが切れたらどうなるの? と思ってしまいます。機械的に見えるものであればあるほど、それが電気のみで動かされているときは、私は不安でした。電気がいつも存在するものと思ったことは一度もないからです。

余談ですが、三〇年弱前、夫がワープロを使い始め、原稿をそれでカタカタと打っておりました。書くことのきらいな夫が長い原稿を仕事で引き受け、苦労して、もう少しで終わるというとき、停電になりました。

「アアーッ!」という夫の悲鳴と共に、書きつづけた原稿は消えておりました。私は「原稿用紙なら、ブッとして残るのよね」とイヤミを言ったことでした。

その後、機器類も改良され、使う方も要所要所で消えないように保存するそうですが、元々電気への信頼は絶対ではありませんでしたから、一発で長い文章が消えるなんて、私にはブラックユーモアとしか思えませんでした。

しかし、一般的に、整然と並んだボタンスイッチ、清潔で無機質の部屋、コンピューターなどを見ると、そこを作るまでの過程は見ていないので、土のうだの、オガクズだのは想像もできないのです。

作った側はその途中を見せないまま、結果として現れた美しい部屋、機械的な装置のみ見せます。私たちは、ここまできちんと管理されているなら安全なんだと、思い込まされていきます。

問題は、作った側がそれを意図していたのではないかという点です。原子力の平和利用ということば自体が欺まんですが、原子力というものにアレルギーがあるといわれる私たち日本人をごまかすため、ウランとか原子力とか炉とかいいながら、ウランは土の中にある鉱物にすぎないし、その核分裂をさせる炉も元々は鉄鉱石やただの石などから作られたものにすぎないのに、何かそういう具体的な日常にあるものとは違う、別世界から来たクリーンなものというイメージを作ったのではないかということです。作ったというより、その不完全さを隠したのではないかということです。その隠ぺいは、事故後、東京電力や政府が「隠した」とされる情報とは比較にならない量です。四〇年間にわたり、莫大な税金を投入して隠されつづけてきたということを忘れてはいけないと、私は思います。

そのために膨大な金額を費やしてテレビコマーシャル、パンフレット、巨大な〝市民のための〟建物、サッカー場などが作られました。疑問を持つ間もなく浴びせられる「安全」というイメージ情報、美しいエネルギー・電気によるクリーンな生活という空虚な生活を現実のものと思わせる映像などが作られてきました。

そしてそれが崩れたとき、目の前に現れたのはオガクズ、土のうだったのです。そう、原子力発電所もとてもアナログの世界だった、そう思わせないために宣伝し、金を使い、一般の人々を欺してきた、なぜ欺したか、欺さなければならない危険があったし、その危険をおかしても得なければならない利益（もっとはっきりいえば金もうけ）があったということです。

さらに付け足せば、そのもうけた金は必ずしも一部の人にのみ集中しているわけではない、と思わせる、さらなるごまかしが行われました。多くの市民がそれによって〝快適な〟生活を始めることができたと思わされてきたのです。そのために原発は恐いと思っても、多くの人が「ただちに原発を止めろ」とはならないことが恐いのです。

私たちは〝快適な〟生活をしてきたと思い込み、その快適はクリーンで便利のみを意味しています。その生活自体が底の浅い二重構造の上に築かれた、というより築かれてさえいない蜃気楼だったということを、あの土のうや紙おむつや新聞紙は教えていると私は思っています。

そのなかで誰が利益を得てきたか、そこをきちんと語る力は私にはありませんが、教育ジャーナリストと名のってきた私が最低限、いま言えることは、この利益の末端を得ようとして、ささやかな〝平穏な〟くらしを得ようとして、私たちはこの四〇年間、わが子を勉強に追いこみ、多くの〝専門家〟を輩出した大学に入れようと涙ぐましい努力をしてきたということです。そのなかでいじめや、自殺や、殺人を、親と子が、家庭が、社会が体験してきたということです。人が人として生きる基準が見えにくくなって、人の価値が金、地位、学歴、成績と、まちがった方向に導かれてしまったということです。これを欺まんというのではないでしょうか。

原発の事故は、それをくっきりと見せてくれたのではないかと思っています。

電気はあって当然のもの？

地震、津波、福島第一原子力発電所の事故からたった三日しかたっていない三月一四日、首都圏で「計画停電」が始まりました。首都圏をいくつかの地域に分けて、時間を区切り順番に停電させていくというもので、私は初めて体験することでした。

初日は、それぞれの職場の現場で働く人に徹底している時間がなかったようで、特に交通機関に支障が出ました。電車がうまく配置できなかったらしく、運転中止が相次ぎ、職場に行かれない人の長い列がテレビで中継されたりしておりました。その後、電気で人工呼吸器を動かしている人たちの苦しみ、ヨーグルト、納豆が作れないなどの苦労が報道されました。

この報道を得て私がまっ先に思ったことは、原発が地震・津波によって外部電源をなくし、炉の冷却ができなくなるような事故は「想定していなかった」という割に、計画停電の準備は素早いなということです。

理屈を言えば「想定していなかった」のだから、事故後の初期対応が「遅かった」というその後の批判もおかしいことになります。主としてこの時の政府・菅直人内閣を批判するなかでこう言われましたが、またその後、首相が任命した内閣参与の学者のひとりが「首相のやり方は場当たりで、マニュアルも法律も守らない」と批判して辞任するなんていうこともありましたが、そもそも、これだけの事故への「想定」がないのですからマニュアルなど、あり得たはずはないと思うのです。

原子力に関する法律はあるでしょうが、どれだけ原発反対派の人たちが、あるいは数少ない心ある学者たちが大地震が来たらどうするのだと問うても、推進派の人たちは、そんなこと考えていたら何も作れないと、そういう不安を笑いとばしたのです。

つまり、これだけの大事故に対応するマニュアルなどなかったはずだし、ない以上、そのときの政府に対しきちんと対応策を語れる原発の現場指揮系統も、指揮者も、東京電力の「責任者」も、〝専門家〟も、すぐにはいなかったはずです。とりあえず止めなければと、「モグラたたき」でも「ヘリコプターによる散水」でも、私が極めてアナログと感じた対応をするしかなかったはずです。

私は菅首相をひいきする何のつながりも持ちませんが、あの地震の翌朝、首相がヘリコプターで福島第一原発に飛んだ理由がわかる気がします。勝手な（しかし長い間、原発問題について記事を書いたりした立場から、さほどズレているとは思っていない）推測ですが、あの地震・津波の恐ろしい夜、首相はさらに恐ろしい現実を目にしたと思います。原発で大変なことが起きているらしい、その原発を止める命令を出せるのは首相だ、しかし本当のことが全く伝わってこない、指示を出すにも、どこの誰に聞いても明確なことが伝わってこない、一般の人に放射能が触れたら大変だ、イライラしながら、おそらくどなりちらしながらも、とにかくこれは自分の目で現場を見なければと、思ったことでしょう。

事故が「想定外」だったとすれば、想定に基づく官邸への連絡の訓練なんてのもなされていないでしょう。「想定外」なら、東京電力の〝責任者〟も労働者も〝専門家〟も、そのとき、お手上げだったのではないでしょうか。

私は、あの朝首相がヘリで現場に飛んだというニュースに接して、事態の深刻さを知りました。そして、ああ、この首相は、具体的に行動する人だなと思いました。それから、一般にマスメディアや、何も手伝おうともしない野党や、首相の所属する党員たちからでさえわき起こった「対応のまずさ」とか、「すべて後手、後手」とか、「モグラたたき」という批判に違和感を抱きました。

まずい対応とか後手とか、いっしょに働く人たちが、事態が動いているさなかに言うことばではないでしょう。ことが落ちついて、それから検証すべきことでしょう。ましてや原発は長い年月「絶対安全」と唱えつづけていて、「想定外」のことが起きて、何でもしなければならない状態で行われている懸命な対応を「モグラたたき」と、その安全を唱えつづけた責任ある立場の政党や専門家本人が言うなんて、私はそういう政治家、学者たちの、あるいはメディアの「ヒューマニズム」を疑いました。マスメディアだって、電力会社から莫大な宣伝費をもらって、安全神話づくりに手を貸したではないですか。

福島市出身の夫、私、来年いっしょに福島に帰る予定の私の友人、いま福島に住む母たちは息をつめてその懸命な対応を見つめていたのです。批判は後でいい、とにかく、とにかく原発の暴走を止めてくれ、そのためにやれることはやってほしい、もちろん現場の人も、会社のエライさんも、学者も、謝罪も反省も後でいい、今はとにかく止めることを手伝ってくれ――それが本音でした。

この頃、正直に言いますが、反原発の運動のなかまから届く情報にもイラつきました。「国も東電もまだ隠している、あの数値で安全なはずはない、とにかく子どもだけでも安全な場所に移しましょう、デモやりましょう、カンパしてください」……。

わかる、わかってる、でも今は、とにかく止めることに全力を注いでほしい、自分は安全なところにいて、そこから動くこともできない人に「そこは危ない」と言うことの残酷さ、でも言わなければならない、それもわかる、でも今はそういう方向には動かない、身体が――そんな思いでした。

これまで、いわゆる市民運動の末端で動いてきましたが、当事者と、運動する側との気持ちのズレを、このときは強く知ることができました。

「正しい対応」のモデルがない、初めてのことに立ち向かっているのに、対応がまずい、対応が後手だ（この場合、先手とは何？）など、批判ばっかりのなかで、私は菅首相は今の時点ではよくやっていると思っています。
一、戒厳令とか非常事態宣言を出さなかったこと（ここぞとばかりに出した人もいたはず）
一、何だかんだと言われながら、一般の人で放射能による死者が出ていないこと（その直前であったことが後でわかった）
一、苦悩のなかにあるとはいいながら、とりあえず市民に寝る所、食べる物を用意できたこと
一、とりあえず静岡県の予想震源地域の真上にあるといわれる浜岡原発を止めたこと。
一、その後、原発依存を減らしていく宣言をしたこと。
等、地震・津波が襲った町や村の過疎化、高齢化などを知る私は、全体として、もちろん市民のがんばりは一番ですが、国もよくやったなと思っています。

後はとにかく原発を収めてくれることです。補償をどうするかなど、政治の問題になったとき、今の政治に対する評価は変わるかもしれません。しかし私は少なくとも「未曾有の」大災害に対する、しかも初めて体験する原発大事故が重なったできごとに対する初期対応としては、よくやったと思っています。

そういう、とやかくいわれる対応、アナログといわれながらとにかく動かざるをえない、いわばシッチャカメッチャカのまっさい中にもかかわらず、首都圏の「計画停電」への準備の早さに、私はびっくりしました。もしかしたら、東京電力福島第一原子力発電所がなければ首都圏に電気は来なくなりますよ、というメッセージかもしれないと思いました。夫はもっとはっきりと「これは脅しだ」と言いました。

「電気が、こんなに急に足りなくなるはずがない。火力だって何だってある。それを、事故への対応は何もしてなかったのに、こんなことだけ素早くやるなんて、ムカつく……」

福島県人である夫はふだんから怒っていたのです。原発銀座を歩きながら、

「あそこでつくられる電力は、福島には一切来ないんだ。全部、東京なんかに持っていかれる。あんなサッカー場なんかでごまかして。もし事故があったら、被害を受けるのは福島県人なんだ。そんなに安全、安全というなら東京湾か、都庁の前に建てろ」

と、怒りをあらわにしていました。

そして現実に事故が起き、福島県人が原発難民といっていいような状態に追いたてられ、年老いた母親が、増えた放射能のなかでじっと耐えていました。福島がＦＵＫＵＳＨＩＭＡとして世界一有名なまちになり、福島の子どもが差別されていました。

そんななか、私たちは今は東京で生活をしています。東京での生活はまさに電気が止まれば文字どおりお手上げです。電車は動かないし、水道も、ストーブも、電気がなければ使えなくなる生活です。

私は、計画停電なんて、そのうち終わると思っていました。「供給が間に合いました」とか何とかもっともらしいことを言って終わるだろうと思っていました。電気は、貯金できるものではないそうですが、余っているという話も、もう何年も前から聞いておりました。

何よりも、福島の事故後たった三日間で行われる機敏さに、やっぱり電気は余っていて、でも原子力発電所がなければ大変なことになると、主に都民に思い知らせたくて、あるいは避難しなければならない人への配慮としてのアリバイづくりで「計画停電」は行われたのだと思いました。こんなこと「計画」するのだけは早くて、それだったら尚のこと、地震・津波への対応「計画」をもっともっとしておかなければならなかったのではないのか、そこまで「計画」したら採算がとれないというなら、原子力発電は止めるべきではなかったのか、今さらと思いながらもハラが立って、私は眠れない夜をすごしました。

思ったとおりしばらくして「計画停電」は「供給が需要を上まわった」とか言って、中止になりました。そして都民は〝ふつう〟の生活に戻っていきました。福島の「モグラたたき」はそのままに。

「計画停電」のおかしさを感じ、その次にふしぎに思ったことは、主に若い人たちの「(電気は)ふつうにあるものと思っていた。それがなくなることがこんなに大変なことだと、今回、初めてわかった」ということばでした。

そうか、電気はふつうにあるものだったんだ――六五歳の私はあらためて自分の実感と若い人の思いとのズレにショックを受けました。電気しかエネルギーが存在しないことに恐怖を感じると私は先述しました。電気が切れたら全てのデータが消失してしまう危険性のあるワープロ、パソコンなどの例で言いましたが、そんなことよりずっと恐い現実が広がっていました。

今年六五歳になる私は、一九四六年、昭和でいえば二一年の生まれです。「戦後」をそのまま生きてきました。ただ、敗戦の年、昭和二〇年に一五歳から二〇歳ぐらいだった人たちのように、戦前と戦後を両方見ることはできなかった世代です。この、両方を見てきた人たちがよく言う「だまされた」も、「おとなのズルさを見た」も、知りません。

むしろ、一九五〇年代から始まった私自身の学校生活のなかで、戦前を全て暗黒の時代とし、戦後を全て明るい希望の時代というイメージにさせられてきたとは言えます。私はこのことを「8・15の黒いカーテン」と表現してきました。のぞいたことのない昭和二〇年八月一五日以前のことは、とても黒い、暗いイメージになっていました。

たとえば小学校の家庭科の先生が、米の研ぎ方を教えるとき、

「米のヌカにも栄養があります。ギシギシ研がないで、サッと洗うぐらいでいいのです。戦前のお母さんたちは釜の底の米を、米がくだけるのではないかと思うぐらい、キシキシと研いでいました」

などと言います。

こういうのが重なって、戦前って、みんなダメだったんだな、全部まちがってたんだなと思い込んでいきました。もちろん、その後、米は研ぐべきか研がざるべきかなんてヒマな論争も知り、炊飯器が作られ、米といってもブランド米なるものがあらわれたり、玄米の方がいいと言われたり、そもそも無洗米なんてのがあらわれたり、いろいろ変わっていくなかで、今でも戦前は暗黒なんて思っているわけではありません。

戦後はしかし、生活の面で順調に始まったわけではありません。私個人に記憶はないの

で親に聞いたり本で読んだりして知ったことですが、私が生まれた昭和二一年は大変な食料難でした。お乳の出なかった母は私に大豆のしぼりかす（豆乳だと何かカッコイイのですが、しぼりかすといわれると妙にガックリきます）を飲ませたと言っていました。

私が生まれたのは高知県中村市（現「四万十市」、以下「四万十市」と表現）です。その年の一二月二一日、南海地震（M8、震源地は潮岬南西方五〇キロメートル付近。九州、近畿、中国、四国に大被害を与えたといわれる）が襲いました。岩盤の上にあった家は何とか助かったものの、入口の戸が最初の揺れで外にはずれたために、私を抱いた母はその戸の上にふとんをかぶって伏せて助かったと言っておりました。当時五歳だった兄は、その日も酔って帰って何が起きたかわからないでウロウロする父のうしろにつかまっていっしょにウロウロしていたと、笑いながら母は言いました。みんな無事だったから笑えたのでしょうが、そのときは何だか兄がかわいそうに思いました。死者・不明者一三〇〇人以上、M8・0だったと、後で研究者が言っていたのを記憶しています。

四万十川の堤防代わりの山の端に建っていた生家は無事でしたが、母の実家（中村市京町＝当時）は崩れました。母の母、つまり私の祖母の長い髪の毛が家の太い梁の下敷きになったそうです。私の父が切るものがないのでのこぎりで祖母の髪の毛を切った、そのときの痛さったらなかったと、祖母が後々まで言っておりました。この祖父母、親せきなど

五、六人のケガ人を家に寝かせ、生後四ヵ月の私を背負った母はその世話に夢中だったと言っておりました。そして、四万十川の河原で遺体を焼くしかなかったそうで、その煙と匂いは生涯忘れないと言っておりました。

私がものごころついたとき、週一回だったと思いますが「停電の日」がありました。それを忘れてスイッチを入れ、あれ、つかない、電球が切れたか？　ああ今日は停電か、なんて笑いごとはしょっちゅうでした。

まんが『サザエさん』のなかにも、アイロンを電球のソケット（これも今の人には説明が必要でしょうか。当時、コンセントなるものは私は見たことがありません。天井からぶら下がった電球は二、三個のコンセント様のソケットに入っていて、アイロンとかの電気器具はこのソケットにさしこんで使っていました）にさしこんで、ちっとも熱くならないのであれっと思って、気づいたら停電の日だったなどの笑い話が出てきます。もっとも当時わが家ではアイロンは器具の中に炭火を入れるものでした。『サザエさん』で見た電気アイロン、扇風機などは高嶺の花でした。

そう、電気は毎日、いつでも存在するものではありませんでした。いつも存在するものは木炭であり、薪《まき》でした。電気は明かりのためが中心で、のみ水は井戸、洗たくは川、炊事は炭火、風呂は薪でというのが日常でした。

生活は一九六〇年前後で大きく変わりました。私の家を例にとっても、一九五九年（昭和三四）、テレビが初めてわが家に入りました。今の天皇、当時は皇太子の結婚式を見るために、この年テレビが普及したといわれますが、わが家もその一例です。もちろん白黒のみ。大きな箱型で四本の足がついていました。

私が九歳（小三）のとき、四万十市での生活に見切りをつけた父母は高知市に引っ越しました。ミカン畑や田んぼを父の兄（伯父）夫婦に頼んで、農業になじめなかった父母は、〝都会〟に出たのです。

母は保険の外交を始めました。性格的に合っていたのかすぐに高成績を上げ、性格的に合わない父もまきこんで働きました。いろいろありましたが、当時としては高給を得て、テレビ、電気冷蔵庫、炊飯器など、次々と買っていきました。家は、四万十市にあるのだから高知市では借家でいいとして、洗濯機、トースターなども買い、共働きの母には必要だったのでしょうが、家は次々と電化されていきました。

高知市でも当時生活していた付近ではまだテレビは珍しく、近所の人が見に来ました。床の間に置かれたテレビ、見に来る人を縁側に迎える両親、しかし内実はケンカばかりして、酔って帰っては子どもを殴る父、私はこの二つの光景の間でひどく恥ずかしかったことを覚えています。近所の人は皆知っているからです。

冷蔵庫を見に来た友だちもいます。玄関に置かれた（現実にそこしか置くところはなかったし、そこは玄関とは名ばかりの自転車置き場で、実際の玄関は縁側という家ではあったが）まっ白い電気冷蔵庫（今とちがって角が丸いほっこり型）を、へェーッ、すごいねえと見つめるクラスメイト、しかし私はちっともうれしくありませんでした。このクラスメイトの家庭の、知的でもの静かなお父さん、彼女の洋服をいつも手作りするセンスのいいお母さんが心からうらやましかったのです。

子どもの価値観は別として、父母はその時代をいつもまわりに負けまいとして歩いていました。負けていないという証明は、とりあえずは電気製品を次々買っていくことでした。

こういう風に書きながら考えていて気づいたことですが、この国の「戦後」の、「もはや戦後ではない」（一九五六・昭和三一年七月発表の経済白書に書かれたことば）といわれた頃からの歴史は、電化の歴史だったといえます。ちょうど時を同じくして、一九五五年に原子力基本法が成立します。その前年にアメリカが太平洋のビキニ諸島で行った水爆実験で、二〇〇キロ離れた海で漁をしていた静岡県焼津市のマグロ漁船・第五福竜丸が被爆し、船長（当時四〇歳）が死亡する事件が起きていたにもかかわらず、この原子力基本法から、この国は五五年後の二〇一一年東京電力福島第一原子力発電所の大事故まで、一貫して原子力発電の道を進みました。

この原子力発電に懸命だったのは中曽根康弘氏、正力松太郎氏らですが、一九五四年に初めて原子力研究開発予算が国会に出され、その額が二億三五〇〇万円で、それはウラン235にちなんだものであった（ウィキペディアによる）というのを読むと、何だかムカムカしてきます。この小さな土地しかない、いつも地震でどこかが揺れている国で、原子力という人間の手に負いかねるものを求め始めた、広島、長崎、そして第五福竜丸の体験をしながら、自らもその力の誇示を求めようとした姿勢に、福島を見つめながら今さらのように怒りがこみ上げてきます。正直いって「ふざけるな！」です。それを促進・維持しつづけた自民党の議員たちが、国会できちんと謝罪することもなく、浜岡原発を止めた菅内閣を怒っているのには、ほんとにびっくりしました。政治家の資格はないと思いました。

私の両親は平凡な、その時代のシアワセを追い求めた人たちです。広島・長崎・第五福竜丸のことに怒り、特に母は、戦前はアカといわれ、戦後はいわゆるサヨクといわれて市民運動、政治的発言も積極的に行っていた自分の兄の影響もあり、はっきりと反核・反戦の意志を子どもたちにも伝えていたのですが、家の中に電気製品を次々と入れていくことに喜びも見出していました。

多くの人がこの時代、自分が今日、数ヵ月分の給料よりはるかに高いテレビを買うことと、ウラン235にちなんで二億三五〇〇万円の予算が原子力開発につけられたことの間につながりがあるとは、思っていなかったと思います。私ももちろん、今回の福島原発の事故がなければ、こんなに詳しくいろいろ調べることもなかったのではないか、ただ原発は危ないと知って語り、書いていただけで、自分の育った「戦後」が、この原子力開発という名の「電化」の上の蜃気楼だったと認識することもなかったのではないかと思っています。

「電気はふつうにあるものと思っていた」と、計画停電のときつぶやいた若者のことばから、あれこれ考えてきました。そして私は、電気のなかった（極端に少なかった）時代を知っている人間と、全く知らない人間との間にある溝を埋めなければいけないと思いました。

計画停電のさわぎのときにふと思いました。電気がなくなるって、そんなに恐いことなのだろうか？　と。

もちろん人工呼吸器をつけている人や、福島の母のように、老人の独りぐらしに石油ストーブやガスストーブは危険と、暖房を全て電気にした（私たちがしました）人は別です。人工的な温度がなければ生きられない人も魚も動物も植物も別です。

しかし、東京では多くの人が食品、トイレットペーパー、ティッシュペーパー、水などの買い占めに走りました。私たちには全く〝想定外〟のことでした。ガラーンとした、品物の全くないスーパーやコンビニの棚にボー然としました。

なぜ私にこの事態が想定できなかったのかを考えました。私は戦後すぐの電気がなかった（発電する力がほとんどなかった）時代は知りません。しかしこの、店の棚から品物が消えた光景はよく覚えています。

一九七三年（昭和四八）秋に、スーパーマーケットの棚からトイレットペーパー、白砂糖、洗剤が消えました。第四次中東戦争により、日本に石油が来なくなるあるいは高騰する、それによって品物が少なくなるということで、このときは主として関西からこれらの買い占めが始まりました。このときも「出遅れた」私は、砂糖を当時アルバイトとして働いていた法律事務所のなかまに分けてもらったりしました。

このときの買い占めは、ある意味二〇一一年の今年よりすごくて、トイレットペーパーを買いすぎて部屋の中がいっぱいになり寝るところもないなどの話が、もっともらしく報道されました。その後、私はある雑誌に、確かにトイレットペーパーなんてなくたって、昔はもっと固いチリ紙や新聞紙を手でもんで使っていたじゃないかと思った、しかし、それらは水洗トイレには流せない、洗剤がなければ石けんを使えばいいじゃないかと思った、しかし、洗濯機には使えない（一九七四年当時、「液体石けん」は一般的ではなかった）、現代生活は大きく変わってしまった、そこに合う物がないことが不安を呼ぶのだ、選択肢がなくなることが恐いことなのだと書いたことを覚えています。

今回のガラーンとした売り場の棚を見て、私はオイルショックのときを思い出しました。そして、すぐ品物は出まわることを知っていましたし、原料がいっぺんになくなるはずもないと思っていました。だから買い占めなんて思いもよらなかったのです。

しかし今、三四歳の私の息子などは一九七七年の生まれです。オイルショックは知らないのです。ましてや電気より炭、薪《まき》が主燃料だった時代なんて想像もできないと思います。ただ息子の名誉のために言っておきますが、彼らは買い占めをしておりません。それをおかしいと思うことはできたようです。

そういう、息子との時代感覚のズレを強く感じたエピソードがあります。

「桃太郎」などの古い昔話の冒頭に「むかし　むかし　あるところに　おじいさんとおばあさんが住んでいました。おじいさんは山にシバかりに、おばあさんは川へ洗たくに行きました……」というのがあります。

この、おじいさんが山で刈ったシバを、私の息子は長い間、芝生の芝だと思っていたというのです。おじいさんが芝刈機を背負って山に登るのを想像して私は吹き出しました。

中学生だった息子もまさか芝刈機とは思っていませんでした。鎌という草刈り道具は知っておりました。

彼にイメージできなかったのはシバというものです。後でわかったのですが同年代の息子のパートナーもやはり、芝生の芝とまでは思わなかったが、シバというものを知りませんでした。私と同年代の友人も、ずっと都会育ちの人ですが、まさか芝生の芝とは思っていなかったけど、草ぐらいのイメージだったと言っていました。年代だけの違いでもなさそうですし、そのことから私の生まれ育った時代はすでに、都会ではシバ、薪、炭なんてのが遠いものになりつつあったのだなあとあらためて思ったことでした。炭や練炭（今は別の用途に使われて有名になって恐い存在ですが）までは知っていても、すでに薪は遠くなり、シバは死語になっていた東京の生活もあったようです。

シバとは火を起こすときに使う小枝のことです。草ではなく木です。大きな木の、切り落とした枝も含まれますが、広辞苑には「山野に生える小さい雑木」とあります。いろいろな樹木がその土地によってあったと思いますが、冬になって枯れた雑木は大切な燃料でした。「柴」という字です。

江戸時代の学者・新井白石の自叙伝に『折《お》りたく柴《しば》の記《き》』という有名な書物がありますが、これなどわが息子のイメージでは「折たく」の意味もわからなかったでしょう。いろりに向かって、パキッ、ピシッと小さな音をたてて柴を折りながら、チョロチョロ燃える火を見つめ、その間にいろいろ思い出すことを記す、つまり「折たく柴」の間には極めて静かな時間が流れていることがわかるのですが、草をつまんでパッパッと火に投げいれる、では意味は全く伝わらなかったでしょう。学校の勉強では新井白石と『折たく柴の記』を線で結ぶテストなどで暗記してきた（わが息子の場合それが大きらいだったけれど）だけだったのでしょう。

私の生まれた四万十市の家は、ほとんど自給自足の生活でした。文字どおり「おじいさんは山に柴刈りに、おばあさんは（四万十）川へ洗たくに……」という生活でした。祖父母の茶の間はいろりでした。ちなみに一つの家を区切って別々にくらしていた私たち家族の茶の間は炭火のこたつと薪のカマドでした。いつも納屋には柴と薪が山のように積んでありました。それらの間に祖父と私の兄が大切に飼うメジロ、スズメ、モズなどの小鳥のかごがありました。今はこれらの小鳥の多くが個人の捕獲を禁止されていますが、当時は何の規制もなく、祖父はいっぱい育て、飼い、放し、をくり返していました。

この柴をいつもいろりにいれ、いろりはパチパチと音をたて、上にのったまっ黒の釜（やかんというより、茶道で使うカマに近い）の中では湯がチンチンとわいておりました。この湯を竹製の茶道で使うひしゃくでくみ出し、あらゆることに使っておりました。茶道の「お道具」は、まさに日常の道具でした。

この頃、電気は電灯のみでした。明かりにしか使われていませんでした。そのうえこの電灯はよく消えました。消えてもまっ暗にはなりません。いろりやカマドや火ばちの炭火がほんわかとまわりを照らしていました。

私にとってまっ暗なのは夜の外の道、そして高知県をよく襲う台風の夜でした。ゴーゴーという風雨の音、ユラユラ揺れる天井からぶら下がった電灯、そしてフッと電灯が消えると父か母が用意しておいたローソクにすぐマッチで火をつけます。そのときのマッチの灯の暖かさ、やさしさ、そこからアンデルセンの『マッチ売りの少女』の哀しみも想像できるのです。あの小さなマッチの一本一本の明かりに全てを託すしかなかった少女の哀しみが、わかるのです。

私は文学の〝講義〟をしているわけではないのですが、生活が大きく変わったにもかかわらず子どもたちに伝えられる文学、文化が全く違って伝わっているのではないか、あるいは伝わっていないのではないかと、書いていて思いました。

そして今回、「電気のない生活なんて考えられない」と言う若い人たちに出会って、ある意味、無理もないと思いました。電気以外の選択肢を与えてこなかったのです、それまでのおとなたちが。急にそうではない時代に帰れるはずもありません。私たちの親も私たちも、そういう変化を「文化」ととらえていたように思いますが、それもまた「だまされていた」のかもしれません。

電気の原料を全て原子力にしようと考えた人たちには別の思惑もあったのかもしれません。ずいぶん早い時期に原子力開発は始まっておりますから。日常はまだ薪、炭の時代に、そして電気は水力に頼っていた時代に、原子の火は一九六三年（昭和三八）一〇月二六日、茨城県東海村に作られた実験炉で灯っております。以来一〇月二六日は「原子力の日」になったそうです。そういう意味では、いずれこの国の電力は足りなくなる、今のうちに原子力開発を！　という先見の明ではなく、わざわざ原子力の「平和利用」を謳わなければならなかったのは、その裏に、「平和」ではない目的があったのではないか、つまり日本も核武装したいという意志があったのではないかと私は思います。原子力発電というのはさしてたくさんの量をまかなっているわけでもないのに、一企業の名で膨大な国の予算を使って行われてきたことが今回の事故でわかっていますが、それも合わせて考えると、原子力発電そのものがかくれみのだったのではないかと思います。

そう思うと、電気がなければ暮らせないという不安や、だから節電しなければと一生懸命になりすぎることのバカバカしさが見えてきます。他にエネルギーを持たない国だからという言い方も、石炭や石油や水や材木がエネルギー源にならないのか、そこから出る有害物質をとりのぞくことに「科学」を使うべきではないのかという論に、もはや経済効率のみでは反論できないでしょう。

核開発が目的だった人たちにとって今回の福島は大したことではないのかもしれません。「想定内」のことなのでしょう。しかし電力を効果的に作る、経済コストを考えて原発にしていくという論は、もはや根拠を失っていると、誰もが感じているはずです。

原子力発電所に「国策」として、四〇年も五〇年もの間、国の予算が使われるのは、どう考えてもおかしいのです。でも核をこっそり開発して、いつでも核を使える状況にしておくためなら、「国策」ということばに矛盾はありません。

私は、電気はあってほしい、しかし核爆弾は要りません。絶対に。今さら木炭や柴に帰ることはできませんが、CO_2を出さない工夫をしたうえで以前のエネルギーに戻ることはできるはずです。また新しいエネルギーもたくさんの人々が模索しています。

「オレたちのまちに原発は要らない」と言ってほしい

正直に言うことにちょっと勇気が要りますが、私はいわゆる「エコ」というのがきらいです。もっと明確に言うと「私はエコロジストです」と、世間に露骨に表現する人、結果的にそれをまわりに「正しいこと」として押しつける人がきらいです。エコロジーというのは元々は生態学のこと、それを実践に移して、自然環境に適応しながら生きることをめざすというのがエコロジストでしょう。そのこと自体は、現代の〝文明〟に浸り切って地球を崩壊させようとする生き方への大切な批判の立脚点になります。

しかし、私は元々何でも大合唱することに拒否反応があるのですが、エコの運動は、やれる人がやればいい、他人に強制することではないだろうという思いが、どうしてもあります。もっとはっきり言えば、経済的に余裕のある人、体力的にも余裕のある人の運動という思いが消えないのです。

添加物がいっぱい入っていることを知っていても、それしか食べ物がない人はそれを食べざるをえません。そんなもの食べなくてもすむ人が「そんなもの食べてはいけません」と言うのがイヤなのです。そういう人、けっこういます。食べなくてすむ人は、添加物の入っていない食べ物を、食べ物のない人にすぐ手渡すべきです。それができないなら、添加物を作る企業、それを入れた食品を作る会社に抗議するべきでしょう。自分だけ添加物の入らないものを食べている人たちは、この際は、論外です。

私がイヤなのは、自分たちは添加物の入らないものを食べることができる（完全にそうできる人はどのくらいいるのかわかりませんが）、あるいは完全無農薬農業をやれる（体力もあるということ）、そういうことに謙虚さのない人です。自分たちは安全なところにいられる、そこでがんばれるということに、気づかない人たちです。

今回の福島第一原発の水素爆発でまきちらされた放射性物質がどのくらいのものなのか、少なくとも私は正確なところはわかりません。しかし、反原発運動の人たちから「大本営発表」と揶揄される政府の発表からでさえ、わが福島は、いろいろな町、村で、数値が高くなっています。「ただちに人体に影響はない」と言われても、「ただちに」は今日、明日なのか一ヵ月なのか一年なのか、わかりません。

初めはそういうことを一つひとつ調べたりしました。しかし事故後一ヵ月半ぐらいから、私はそれをしなくなりました。福島市瀬上町（伊達市に近い、福島県中通りの北部）

に住む夫の八六歳の母が、もはや何があっても動かないという風に見えたからです。この歳で、隣家の火事でもないのに、目に見えない放射能の濃度で右往左往したくないという風に見えたからです。

そう、私も六五歳、夫は六〇歳です。今からガンになっても、それは昔タバコを吸っていたからなのか、食生活が不完全だったからなのか（大学生の頃はインスタントラーメンばっかり食べていた）、今回の放射能のせいなのかわからないのです。ましてや私などは子どもの頃、アメリカや旧ソ連の水爆実験によって、ストロンチウム90（カルシウムとともに骨にたまって骨肉腫、白血病の原因になるといわれる放射性物質。半減期二七年）を含んだ雨にぬれてきました。学校の先生が、「今日の雨にはストロンチウム90が含まれているので、ぬれないように」などと注意しました。しかし子どもたちはまじめに傘もささず、ふざけあって下校していましたので、どのくらいぬれたのかわかりません。ただ、この「ストロンチウム90の雨」というのは、自分の記憶にしっかりと残っています。

そんな「戦後」に育った私たちが、今さら、〇〇マイクロシーベルトに脅えることもないだろう――もはやひらきなおりです。そう思っています。

放射能てんでんこ

ただ、子どもたちは別です。私たちが子どもだった頃よりは一般の知識も多くなっていいます。成長期、つまり細胞分裂まっさい中の胎児や乳幼児にとって、放射性物質はとりかえしのつかない害を及ぼします。たくさんの情報がこれに関してはありますので、私は今さらここでくり返しません。

その子どもたちが遊ぶ校庭や公園で、放射線量が高くなっているのがわかり、福島市や郡山市などで問題になりました。私は校庭、公園だけではないだろう、そこの表土だけ削ったって、通学路、自宅の庭、ベランダ、みんな条件は同じだろうと素朴に思ったのですが、問題にされたのは校庭、公園でした。その表土を削ったものの、そのまとめた土をわが家の近くに持ってこられても困る、持っていくなら東電に持っていけ（ごもっとも！）という声が起き、その土は行き場を失っているという報道もありました。そうなるだろうと思いました。

しかし、そういう状況下にある福島県の子どもたちが全員避難することが可能でしょうか。福島の子どもがかわいそうというなら、わが県で（あるいは府、都、道で）全部引きうけましょう、と言ってほしいです。動きようのない親と子に、そこは危険ですと言う前に、もっとやることがあるだろうと、私は思います。

もっとも、福島は危ないからと新潟に逃げても柏崎・刈場原発があります。福井に逃げても敦賀、美浜、大飯原発があります。関東、静岡等に逃げても東海原発、浜岡原発があります。浜岡は稼動が止まっただけで、燃料棒など、たくさんの放射能を出す物質が存在していることに変わりはありません。中国地方に逃げても島根原発、四国には伊方原発、九州には玄海、川内原発があります。

この小さな国で、しかもしょっちゅう地震に揺れる国で、どこに逃げても、安全な距離は保てません。安全をめざすなら全ての原発を止めることですが、原発を止めるのにどれだけのエネルギーと費用がかかるか、今回の福島は見せてくれました。ただ、福島は地震・津波によってその原子力管理の困難さを露呈しているのであって、他の原発は、地震・津波が来る前に止めることができるなら、これほどの困難さはないと思われます。今までつぎこんだ費用をチャラにして、さらに膨大な費用がかかっても原発は止めなければなりません。

一つひとつの原発がどうのこうのという前に、この国の狭さ、立地に、原発は合わないのです。一つ爆発したら、そして同じときにもう一つに何かあったら、もう私たちは逃げ場を失うのです。以前、核開発が世界中の問題になったとき、「日本を滅ぼすには二発の核爆弾があればいい」と言われました。それが妙に現実味をおびて、今、記憶によみがえります。放射能を浴びた私たちをすぐ近くの国々が「ただちに」受けいれてくれるとは思いません。ただじっと、放射能に耐えるしかなくなってしまいます。

それだけでもう充分でしょう。原子力開発、原子力発電は、止めていきたいと思います。止めてほしい、ではないです。訴訟、デモ、意見広告、何でもやりながら、福島から学んだ大きなことも実行したいと思います。原発を支持する村長、町長、市長、知事、国会議員には投票しないということです。

福島の人がじっと耐えているように見えるその姿のなかに、原発で働かざるをえなかった、そのために誘致派の政治家を支持したという、内心を責める思いもあります。今になって「自分も欺された」と東電や今の政府のみを声高に責める首長たちに、ツバを吐くように「テメェらが誘致したじゃないか。だけどアンダ（方言です）を支持したオレもいる」と言った人もいるのです。

でも原発に対して自分を責めてるヒマはありません。逃げ場がないまま放射能の危険に耐えることを防ぐためにも、何とかしなければならないと思います。しかし、それを今すぐ福島の人たちに要求しないでほしいのです。外の人ががんばるときです。それが福島の子どもたちをいじめていたり、すぐ逃げろ！　とできもしないことを叫んでいては、私たちの運動もそこまでとなります。

地震・津波で被災した人たちに「ガンバレとは言わないで、みんな必死でがんばっているのだから」と、今さらのようなことばをテレビなどは口にしていました。だったら尚のこと福島の人に「ガンバレ」はやめてください。

「事実は事実として数値に問題がある」も、現実に「ただちに」害が出る数値になって、子どもたちだけでも避難できる場所がととのってから言ってください。今、言われても、「あなたはたちはお人よしすぎる、いつまで耐えるのか」と同じに聞こえてしまいます。そして、呼吸もよくないのかと思ってしまいます。死にたくなってしまいます。

遠くの、安全なところからものを言う人たちは、その言動に謙虚であってほしいです。「オレたちのまちに原発は要らない」とデモする若者の方が、高いところから呼びかける人よりもずっと、福島の人を元気づけてくれると、私は思います。正直だからです。ほんとに「オレたちのまちに原発は要らない」と、各地で声をあげることが大事だと思います。

もう一つ大事なことは、「放射能てんでんこ」として考えてほしいということです。福島市、郡山市など、福島県中通《なかどお》りの、県下一、二位の人口のまちで積算放射線量がじわじわ高くなっていることは先述しました。私たちや私たちの母のような年齢の人間は「もういい、動かない」と言えますが、小さな子どもや若い人たちはそうはいきません。遠くの自治体でも避難先を用意してくれているところがありますので、経済的な問題もあるでしょうが、せめて妊婦、幼い子を持つ親などは避難してほしいです。全員を受け入れますと言われなければ「死にたくなる」こともあると書きました。しかしそれはそれとして、今、現実にひとりでもふたりでも、後々の被害のことを考えても、逃げられる人は逃げた方がいいのはいうまでもありません。

多くの人が逃げられない理由に、仕事、経済上の問題がありますが、幼児や妊婦が逃げられない理由に「じいちゃん、ばあちゃんを置いていかれない」というのがとても大きくあるということ、東京に住む人たちにはわかってもらえません。震災報道のなかでやたら「家族」が美しいもののようにとりあげられ、私はそういうテレビ映像を見る度に、「安易な取材ばっかり」と、強い怒りを感じました。「家族」の絆は強い地域です、福島も。しかし現実は、一族そろってじいちゃん、ばあちゃんのそばにいるわけではありません。

やっとひとりの子どもだけが両親と先祖の墓を守って生活し、結婚し、幼い子を育てるという家庭がとても多いのです。その、やっとひとり残ってくれた長男も、〝嫁さん〟が来て、二世帯住宅を建て、老親と同居したとたんに、〝嫁さん〟といっしょに長男一家が都会に出て行った、なんて話を、私はずっと見聞きしてきました。「家族」といってもとても層の薄いものになっています。その上、近所の助け合いが強い反面、「血のつながり」を重視するのも強いのです。これは何も東北や福島の特徴とは限らず、日本中にあることのようですが。

そんななかで、「嫁」である自分が幼児をつれて「逃げる」わけにはいかないと、自分を縛る人はとても多いのです。一度逃げても、申し訳ないからと、戻る人もいます。ほんとにつらい話です。避難とひと口に言いますが、その土地を離れることをめぐって家族がねじれ、バラバラになっていくこともあるということです。

岩手県の三陸海岸に「津波てんでんこ」という先人の教訓があるという話を、ずっと以前、何かで読んだ記憶があります。日本という、特に東北という、地縁・血縁を絶対のものと思う傾向の強い土地で、「津波が来たら、親や子を心配せずに、まず高い所に、てんでに逃げて、命を守れ」というこの言い伝えは、津波のおそろしさを一層感じさせるものでした。同時に、地縁・血縁も、一人ひとりの命があってこその存在なのだという意味も、私は勝手に感じとって、とても新鮮な印象を抱いたのです。

今回、福島に住む若い人や子どもたちに言いたいのは「放射能てんでんこ」です。津波のように目に見えない放射能だから、その危険性を知ってその場所を離れることは、危機回避であって、「逃げる」ことではありません。よしんば「逃げる」ことであってもいいではありませんか。じいちゃん、ばあちゃんが動かないのであれば、とりあえず疎開してください、できる人は。そしてそういう場所がない人は、国が用意してほしいですが、すぐ間に合わないなら、いろいろさがす努力をしてみてください。

「家族」も「地域」も、命あってのものなのです。じいちゃん、ばあちゃんを放り出しても、幼い子を守ってほしい、ホンネを言えばここです。放射能てんでんこ、胸がはりさける思いで、書いています。

「節電」について細やかな配慮を

エコを声高にいう人をきらいと言いました。そういう人たちが今度は節電の大合唱です。今さら節電なんて、昔から無駄な電気を使ってこなかった人たちは笑っています。節電すべきは企業でしょう。無駄な明るさをギンギンに準備して、まるで蛾を集めるように人を集めてきた大型店舗でしょう。ネオンサインでしょう。

福島の夫の母は数年前から呼吸不全のため、寝るときに器具を口に入れています。酸素を出すための機械は電気で動かします。冬はトイレに、壁にくっつく小さなパネルヒーターを入れています。温度差で脳梗塞とかになるのを防ぐためと、夫が見つけて来ました。夏は熱中症を防ぐため、居間と寝室にはエアコンをつけろと言いつづけてきました。

しかし母は、それらを「もったいない」と言うのです。エアコンは設置したものの、なかなかスイッチを入れません。真夏、暑いので見ると二八度の省エネ温度にしています。温度計は三四度をさしています。スキ間だらけの古い日本家屋で、毎年日本一を競う気温になる福島盆地で、二八度ではダメなのです。しかし母は、それでいいと言います。本人がいいのなら仕方ないですが、母は気にしているのです。「省エネ」のかけ声を。その上にさらに「節電」です。

今、暑いからといって窓や戸を開けっぱなしで寝ることもできません。ましてや母独りなのですから、私たちは家の前の庭に暗くなったら灯り、明るくなったら消える街路灯を設置しました。近所で、家の前のゴミや納屋に放火される事件が相次いだとき、暗いところに放火されやすいという話を聞いたからです。防犯のためにも必要でした。

しかしあまりにも大声で節電、節電といわれると、つらくなってしまいます。耳が遠い母が「もったいない」と何度も言い、イラついた夫が、

「あのネェ、節電は東京の人がすればいいの！　福島の人はしなくていいの！」

とどなっていました。私は、それはないだろうと思いましたが、母も私も笑いました。

私はもう二〇年も、一生治らない持病を抱えています。体温調節が苦手で、要するに他の人から見ると暑がりで寒がりです。ワガママともいえるし、何とも自分でもうっとうしいです。更年期なんかはるか昔に終わったのに、真冬でも暑くなって、バッグの中には扇子を二本、いつも持ち歩いています。真夏に寒くなることはあまりないのですが、暑い方が苦手です。

節電のため、首都圏の交通機関が今年、車両の冷房を全て二八度にするというニュースを耳にした日、私は落ち込みました。そして、やっぱりもう仕事は無理と思いました。今年度中はまだ、各地での講演が予定として入っています。八月には北海道、兵庫、広島などに行きます。道中、電車の中が暑いと、私にはこの仕事はできなくなります。

電車によっては今までも、必要以上に寒すぎたり暑すぎたりいろいろです。少々のことは扇子を使ったり、ハンカチに保冷剤を包んで首筋にあてたり工夫してのりこえてきました。しかし朝夕のラッシュ時だけは〝節電〟しないでほしいのです。〝節電〟のためといってもうすでに都内の駅でエスカレーターが部分的に止まっています。私など〝老人〟は、エスカレーターを前提とした駅の設計にはついていかれません。地下三、四階から階段を上がる体力はありません。

必要なところは〝節電〟しないでほしいのです。そしてこの「必要なところ」をどう判断するのかが、政治ではないでしょうか。みんなの「思いやり」ではないでしょうか。ただ〝節電〟を叫ぶだけでなく、障害を持つ人、病気の人、老人、子ども、身体の弱い人、そういう人が生きづらくならないように配慮することが大事です。

一番電力を消費する季節に合わせて、それも極端に幅のせまい時期に合わせて、余っているときから〝節電〟を呼びかける、あるいはその名目でエスカレーターを止めたりする、それは逆に一番多く消費する大型店舗や企業を利するだけで、弱い立場の人は苦しいのではないかと思うのです。

何でも大合唱になったら、細やかな配慮がかき消されてしまう、それが恐いです。細やかな配慮を、私は、文化・文明だと思ってきました。弱い立場の人、少数意見、それが大切にされる社会を成熟した社会だと考えてきました。今回の大震災で、それを感じたところもたくさんあります。

集落の助け合いの一方ですぐ避難所のプライバシーがとりあげられ、地震の日にすぐ仮設住宅建設が指示され、原発事故以外はほんとに日本は豊かな国なんだなと、思うこともありました。しかし、手伝うこともせず、すぐ足を引っ張る政治家や、無理もないことですが避難所でのどなり声や、避難先での差別などなさけないこともたくさん知りました。だんだん良くなっていくと信じたいです。そして〝節電〟がまた、電力会社や国に利用されることのないよう、見張っていきたいと思います。

第二章　私は福島に「帰り」ます

「帰る」ところは雪うさぎのまち

自分史と重ねた戦後の教育史を書きたいと自分なりに準備をしていました。来年（二〇一二年）夏には福島に移住するつもりの準備もしてきました。夫と私の友人と三人で、亡き義父が建てた小さな貸家の一つ（二軒長屋）を手直しして、老後をそこで過ごすつもりです。講演活動は減らしていくつもりです。体力の限界も二、三年前から感じていました。書くことは、頭が働いている間は続けようと思っています。

そんなとき大震災と福島第一原子力発電所の大事故が起きました。「福島」の意味が違ったように見えました。私にとっては何ら変わらない、老いた義母の住む、花に囲まれた「雪うさぎ」の美しいまちです。

福島市はまわりを山に囲まれた盆地です。そのまん中に信夫山《しのぶやま》があります。ずっと前、東北新幹線が初めて走ったとき、その姿を仕事で撮影しなければならなくなった夫は（当時はカメラマン）、この信夫山の頂上近くで、走ってくる「やまびこ」を撮りました。そのときがまんできなくなって、山の中でおしっこをしたと告白しました。以来、私は福島に帰ってこの信夫山を見る度に「すみませんねえ」と、心の中で謝っております。

市街地の西側に吾妻山があります。奥羽山脈の一部の峰々の中に小さく吾妻小富士と地元の人たちが呼ぶ山が目立ちます。この山の側面に、毎年連休の頃、うさぎの形に雪が解け残ります。まわりの山肌が出て、大きな、しかしちょっと首をかしげた、恥ずかしがっているような、考えこんでいるようなうさぎの形がまっ白に浮かび上がるのです。地元では「雪うさぎ」といい、これが出ると農作業が忙しくなるということから「種蒔きうさぎ」といわれたりします。

私はこの「雪うさぎ」が大好きです。雪うさぎが出る頃の福島の春が大好きです。結婚して三五年、毎年何度か福島に来ました。それは「嫁」として「通う」ことでした。決して世間が言うような「嫁」を義母は要求しなかったし、私も「嫁」をやったことはありませんが、福島は私にとって「通う」ところであって、「帰る」ところではありませんでした。

一九六五年（昭和四〇）、一八歳で東京に来て、私にとって一番長く生活したのは東京です。しかし、東京という「まち」はありませんでした。渋谷区、杉並区、世田谷区、横浜市、町田市、藤沢市、文京区などで暮らしましたが、それらはみな〝首都圏〟であって、人間関係はできてもせいぜいあいさつ程度、つまり私の「帰る」ところではありませんでした。東京という「わがまち」は私にはありませんでした。

私は一九四六年（昭和二一）八月、高知県西部、現在の四万十市のはずれで生まれました。〝ふるさと〟は四万十市のはずです。しかし一度もここを故郷と感じたことはありません。暴力をふるう父、その父と別れられない母、そのなかで脅え、気をつかい、オロオロと生きた記憶が、「わが家」にはどうしてもあるので、故郷が「わが家」とか「生家」と結びつくとき、いつも頭を振ってその記憶を消してきました。そのとき、いっしょに故郷なんて甘ったるいイメージも、意志で振り捨ててきました。私にとって「ふるさとは遠きにありて思ふもの」でもなく、むしろ「うらぶれて異土の乞食《かたゐ》となるとても　帰るところにあるまじや」（室生犀星『小景異情』）でした。

さみしさはありました。故郷を、幸福なものとしてとらえられない哀しみは、未練だと自分を叱っても、心の奥にありました。仕方のないことと諦めてもいました。しかし、この四万十の私の生まれた家は、私が大学生の頃、四万十川の治水堤防の下になって、すっかりなくなりました。家が建っていた山そのものを堤防にしたのです。その補償金で、父母は高知市に初めて家を建てました。私は生家がなくなって、心からホッとしました。あんなに解放された気分は初めてでした。

かといって、東京オリンピックの過ぎた東京に、故郷をつくろうなんて気も全くありませんでした。東京は仕事をするところであり、私にとっては「親から離れられるところ」でした。しかし結局は、私の親は〝最愛の〟長男でもなく、〝心配でたまらない〟末娘でもなく、おそらく〝あらゆることを耐え忍んでくれる〟長女の私と同居しました。未練たらしく「やさしい父母」を追い求めていた私と、その利害は一致しました。もちろん私の幻想にすぎなかったのですが、離れたり、つき放したり、逃げたり、顔をのぞきこんだりを、私は親と、私がいい年齢になるまでくり返しました。

その当時は自分が母のために過ごした時間がムダだったように思えて、「私の時間を返せ」と叫んだこともあります。七〇年代に社会問題になった家庭内暴力の子どもたちが、親に対し「自分の時間を返せ」と叫んだのですが、私はその気持ちが、わかりました。私も親に喜ばれるために〝いい子〟として生きた自分をとり戻したいと思っていました。

今、私は、これらの時間は全然ムダではなかったと思っています。あの苦しい、泣き叫んだ（人のいないところで）時間があったからこそ、私はそういうところで苦しむ人の気持ちがわかったし、そういうところで苦しむ人はとても多いこと、そしてそういう人の増加こそ、この時代がもたらしたことだったということを知ったからです。私はまぎれもない「戦後」の申し子だったことがわかったからです。

考えてみれば今まで生きた時間に、ムダなものは全くありませんでした。苦しいこと、哀しいことはいっぱい体験しましたが、「そのとき、ちょっと耐えている」と、その苦しみ、哀しみの意味がわかってきました。そして私の最大の幸運は、この「ちょっと耐える」時間と場所を、友人や夫や夫の故郷からもらってきたことです。そういう出会いがなければ私は自分の血縁との闘いに疲れ果て、自ら命を断っていたのではないかと思っています。

人は、この「ちょっと耐える」時間と場所がなければ生きていかれないのではないでしょうか。この場所を私たちは「帰るところ」といってきたのではないでしょうか。故郷は「功成り名を遂げて」それをみせびらかしに「帰るところ」ではなくて、苦しいとき、つらいとき、逃げ帰るところではなかったでしょうか。心を休ませるところ、自分と向きあうところではなかったでしょうか。

「帰るところ」

しかし私の例はやはり、今という時代の、つまりは戦後史のなかの一つの典型です。「帰るところ」である故郷はつらい幼児期の体験と重なるために、家族のなかでも気をつかい、脅えなければならない場だったので、家のなかも「帰るところ」ではありませんでした。故郷も家族も、戦後を生きているうちに安心できる場ではなくなったのです。そういう人をいっぱい生んでしまっているのが戦後の一面です。

今、多くの若者が、自分の家族に脅えています。わが子に脅える親もたくさんいます。自宅の自分の部屋にとじこもっている若者の気持ち、私はわかります。出ることができれば、部屋からよりは自宅から出てしまいたいのです。親のいるところより遠いところで、生きられる、干渉されることなく生きられるところがあれば、そこに行きたいのです。

それをワガママといい、甘ったれと思う人が多いから、そんな場所はなかなか増えないし、作っても管理の必要もあるのでしょうが、ガタガタと干渉するので、「うるせぇ」場所になってしまいます。自宅で育つとき、甘えたり、悩んだり、たちどまったりを許されないために、急ブレーキをかけてしまう子どもたちが多くなっているのですが、今はそういう子どもが再生産されている恐い時代です。社会問題になっている児童虐待、それをしてしまう若い親たちの実に多くの人が、虐待を「しつけ」と思い込み、「しつけ」なければこの子はワガママの甘ったれになると思っています。幼い子はその幼さゆえのかわいさを大人が楽しめばいい、つまり楽しく遊び、あやし、ダメなことは短く、毎回、そっと「それはダーメ」と言っていけばいいことなのに――。児童虐待の増加については第六章で述べます。

これからも、幼いときは〝いい子〟で、自立の直前に急ブレーキをかける若者は増えるでしょう。現実を直視すれば、そう考えざるをえません。

二〇〇八年六月八日、その現実をぱっくりと見せてくれた事件が起きました。東京・秋葉原で、白昼、二五歳の若者が、次々と通行人を車で轢き、刃物で襲い、七人の人が殺され、一〇人が重軽傷を負う事件を起こしました。派遣労働者として極めて不安定（少なくとも本人はそう思っていた）な仕事のなか、独りで、ネットの世界でのみ「生きていた」若者の、労働の問題、ネット、教育の問題、母親から厳しく勉強を要求されていた子育ての問題、虐待の問題など、さまざまな時代の問題点が明らかになっていきました。

私はこの事件を、「帰るところ」を喪失した現代社会の若者の典型的な事件と位置づけております。そのことを私は、私と同年代の女性の質問から考えることができました。

東京立川市での講座のときでした。事件直後でしたので私も話のなかにこの事件についての感想を加えましたが、質問は事件に集中しました。事件をどうとらえるかなどの、評論風の質問はありません。ほとんどが女性ばかりの参加者で、子育てまっさい中の人、子育てをある程度終えた人、つまりさまざまな年齢の人がどこか沈んだ雰囲気で、シーンと考えこんでおりました。

ひとりの年配の女性がポツリと、まるで自分と会話するように言いました。

「昔は、子どもは、大きくなって家を出て、でも食いつめたら家に帰ることができました。いま、なぜ、それができないのでしょうか？」

私はハッとしました。「帰る」ということばです。考えこみました。質問の答えには全くなっていないことばを口にしました。

「そうですよねぇ。なぜ、帰るところはなくなったのでしょうねぇ」

それは、事件を起こした若者のことよりも自分に向けて言ったことばでした。二五歳の若者は私にとっては親子よりも年が離れた存在です。しかし私はそのとき、この事件に、私はどこか「わかる」という気持ちを抱いていた、被害者には申し訳ないが、加害者の気持ちの方が私には「わかった」、それがなぜなのか、その理由が理解できたような気がしました。

私も同じ、「帰るところ」を持たない人間でした。「帰るところ」を持たないということはどこか浮遊している思いがあるということです。根無し草なんて気取るつもりはありませんが、足がどこにもついていない、でも歩きまわり、語り、人と会い、子を育てている、そういう私に現実感がない、そんな思いです。年をとるにつれ、現実感がないままボケるのか、それもまたいいか、なんて思ってニヤッとすることもありました。

この秋葉原の若者にはどう考えても「帰るところ」はなかったでしょう。裁判のなかでも明らかになっていきましたが、彼の生い立ちは、私に言わせれば虐待された子どもの生い立ちです。そんな思い出のある家に「帰る」気にはならなかったと思います。彼は苦しみを「ちょっと耐える」ための逃げ場を持たなかったということです。だから事件を起こしてもいいというわけではさらさらないのですが、問題は、こういう若者を誰がつくってきたのかということです。

親の育て方だけの問題ではありません。この若者の親のような人は程度の差はあれ、この国にはいっぱいいます。特に一九六〇年代の終わり頃から、この国がつき進んだ道、その道の、彼は二代目ぐらいになるのではないかと私は思っています。

この親御さんは事件当時、父四九歳、母五三歳と報道されています。その報道について言えば、テレビも新聞も、もう同居もしていない両親をそろって自宅前で撮影し、〝世間〟におわびをさせていますが、私はハラが立ちました。このマスメディアのあり様も、こんな若者をつくった一つの要素なのです。二五歳の「おとな」の事件に、なんでその親がわびなければならないのか、私にはわかりません。個人的に被害者のところに出向いて謝るのはわかります。しかしこんな公開の場でやる必要があるのでしょうか。これは一種のリンチです。

言いたかったのは親御さんの年齢です。おそらく父親は一九六〇年頃の生まれ、母親は一九五五年頃の生まれでしょう。学校教育を受けたのは一九六五年頃からと推測できます。私よりはひと回り下の世代になります。

産学協同路線のツケ

一九六〇年を機に、この国は大きく道を変えました。六〇年安保の後、首相になった池田勇人はいわゆる所得倍増計画を掲げ、この国は金銭的な豊かさを求める方向に走り始めました。所得倍増は、一〇年後に収入を倍にするというものでしたが、現実には学力を上げ、〝いい大学〟に入って〝いい会社〟に入ることが、その実現への道でした。親の財産を持たない田舎の二男、三男は東京や大阪などの都会に出て、二DKの団地（五六年誕生）に住み（といっても当時二DKの団地はサラリーマンにとって高値の家）、子どもに勉強させて、学歴という財産を残すという方法しかありませんでした。この一生懸命さが一方で日本の経済成長を支えていきました。

六一年秋、文部省は初めて全国一斉学力テストを中学二年生と三年生に実施しました。後述しますが、私がその頃生活していた高知市では、教員たちが勤評反対と同時に学テ反対を掲げたため、私はこういうテストを受けていません。

この頃の文部省の目は大学に向いていました。六〇年安保が大学生を中心に盛り上がったことから、六二年五月には首相自ら「大学教育が革命の温床になっている」と発言、大学の管理強化を指示しました。これは教育史のなかで重大なことでした。教育史のみならず、結局は今回の大事故にもつながる重大な問題の出発点でした。

一九六五年（昭和四〇）、私は早稲田大学に入学しました。第一希望の大学でしたので、うれしかったのですが、大学はその年の秋、学生たちの手で封鎖されました。高田馬場からバスに乗って文学部に着き、門からゆるやかにつづくスロープを登って校舎に入るのですが、その入口に長机やイスがびっしりつみ重ねられ、人は通れなくなっておりました。

私は、始まったなと思いました。バリケード封鎖に怒っているクラスメイトもおりましたが、私は、賛成でした。そうだよな、そうするしかないよな、権力に闘いを挑むのに、学生にとって他に方法はないよなと思っていました。大学への文部省（国）からの抑圧はその数年前からずっと強くなっておりました。具体的に細かいことをここで言うつもりはありませんが、学生会館という学生の自治で成り立っていた建物に対しても、管理運営は大学がするなどと言ってきていたのです。学生の自由にはさせないということです。

このことはとても重大なことです。単に学生会館を自由に使えなくなるというようなことではなく、この大学の校歌にもある「学の独立」が脅かされることでした。

今、学問とは何かと問うと、「勉強すること」と答える人がとても多いです。子どもたちが塾に通い、暗記し、テストでスピードを競うことを「学問」と思っている人もいます。それらは手段であって、学問ではないと私は思いますが、学問の意味が見えなくなっている今、それを語ることはけっこう力が要ります。エラそうにといわれないように配慮しながら、でもわかってもらうためにどう書くか、考えてしまうところです。でも書き残していかなければならないと思うところです。

山田洋次監督の映画「男はつらいよ」、いわゆる「寅さん」シリーズの中に「葛飾立志篇」というのがあります。寅さんが留守の間に二階の寅さんの部屋に、〝御前様〟の姪が下宿します。樫山文枝さん扮するこの女性はどうやら東大の助手をしながら考古学の研究をしているインテリです。この女性にまた恋をした寅さんが大さわぎを起こすのですが、私の好きな一篇です。

この映画の中で寅さんはこの女性に、

「姉ちゃんは、何で学問をするんだい？」

と問います。〝姉ちゃん〟はハッとして口ごもります。寅さんは、この姉ちゃんに会う前に山形で出会った坊さんのことばをそのまま、得意気に伝えます。

「おのれを知るためよ」――。

女性は後でみんなに、

「私、ハッとしたの。ほんとに、私にとってなぜ学問するのかということは、あなたはなぜ生きているんですかと問われることでしょ。困っていると寅さんは、おのれを知るためでしょ、ってサラッと言ったの。ほんとにそうだと思って……」

というようなことを言います。

一言一句記憶しているわけではありませんので、ことばは違っているかもしれません。このことばは、この女性が「考える人」だったから、また深い教養を持っていたから言えたものだと思います。寅さんは知ったかぶりで口にしたのでしょうが、あまりにサラリと真実を口にする役まわりで、この映画では特にそれが際立っていて、私は何度もビデオで見ます。

学問とは、いい会社に入ることでも、金持ちになることでも、まわりを見下してエライ人になったつもりのカンチガイをすることでもありません。「おのれを知る」ことはとても困難ですから、そこに到達することはできなくても、できるだけそこに向かって学んでみる、自分は何をしようとしている人間か、人間はどう生きなければならないのか考えること、それが学問です。それを知るためにはまわりをよく知らなければなりません。少しまわりを学ぼうとすると、自分がどれほど無知であるか、よくわかります。そしてますます勉強しなければと思うのですが、人生には時間の限りがあります。「間に合わない」というあせりに押され、そして私などはきっと答えもわからないまま、途中で死ぬのだと、それだけはわかっています。

学問は、だから、私たちがつくってきたこの社会は、これでいいのかを問うところから出発します。当然、政治を批判をしていくことになります。どこに力点を置いて政治は行われるべきなのか、私はこの優先順位を考えて実行するのが政治、それを決めるのが学問ととらえています。限られた人的、金銭的、時間的制約のなかで、そのとき何を優先するのか、そこを視点にそのつど発言してきました。まず何よりも人の命だから、それ以外の優先順位を考えるというのが本当のところですが。

だから、言論の自由が生命線になります。聞いていてどんなに不愉快でも、相手を誹謗中傷する性質のものでない限り、意見の違いには耳を傾けなければなりません。そうでなければ、学問の道は閉ざされてしまいます。特に学問の府である学校では、自由な論議、自由な表現がなければ、社会のあり様を批判することはできなくなります。

大学に自由がなくなるということは、学問の死を意味します。大学が就職のための一手段になり、大学に入るということは「遊べる」ことになり、さらに進んで、大学生ごっこをする場になって、どのくらいたつのでしょう。もちろんそのなかでも必死に〝学の独立〟をめざした人はいるでしょうが、全体として、大学は六〇年代から始まった、産学協同路線をつきすすんできました。

産学協同ということばは、私たちの年代にとっては極めて見慣れ（立看板で）、聞き慣れ（党派のアジ演説で）たものです。今の人たちにはなじみのないことばのようです。私もついうっかり、若い人たちの会で「産学協同って恐いことだったのですね」と語って、「産学協同って何ですか？　どんな字を書くのですか？」と問われたことがありました。

黒板に文字を書いて、私のこなれない説明で、「大学で研究することが全部、会社や工場の産業のためのものになってしまって、お金もうけの手段になってしまうこと」と言いました。するとその人は「それの、どこがいけないのですか？　世の中のためになることではないですか？」と問いました。

私のよくないところですが、そこでがんばって議論するのが空しくなって、「私はそうは思いませんが、今日の講座には直接関係ないこと（子育ての講座なので、無関係のはずはないのに）なので、次の質問に行きましょう」と言ってしまいます。無責任だなあと自分を責めながらも心の中では「しんどいなあ」と思っています。疲れてしまうのです。

学問は、産業の下請けになってはいけなかったのです。学問は、人間にとって大切なのは何かを問いつづけ、その時代の産業や政治がまちがっていたら、それを指摘し、人間が不幸になることを少しでも防ぐものでなければならないのです。産業の上になってもダメです。横にいること、独立してものが言えることが大切だったのです。それを証明したのが今回の東京電力福島第一原子力発電所の事故でしょう。今回の事故の前にもそのことを証明することはたくさんありました。一九四五年の広島・長崎の原爆、あれを「研究・開発して製造した」学者は、ほんとうに人類にとって大切な「世の中のためになること」をしたと言えるのでしょうか。

学問は、そういうものを「研究・開発・製造してはいけない」と言わなければならなかったのです。もちろんそう言った人もいたはずです。しかしそういう人たちは研究の場からハズされ、研究では食べていかれないようにされてしまいます。「産業」(あるいは軍事)の方からまわってくる膨大な〝研究費〟が、反対した人にはまわってこなくなるからです。これを産学協同路線といいます。六五年からさまざまな大学で闘われたのは、この路線へ反対するものでした。

ここで敗れ、学問がその独立性をどんどん失っていったことが、今回の福島の事故につながりました。〝専門家〟というのは学問をしてきた人のはずなのに、私たち(特に福島県に住む人たち)にとって何の役にも立ちませんでした。地震についても津波についても、そして原子力についても、特に原子力についてはものすごい額の国からの補助（つまり私たちの税金）が使われていたにもかかわらず、「想定外」のことが起きたからといい、苦しむ被災者への想定が全くない計画だったことがわかっています。事故が起きれば被災する人への想定がないなんて、学問がその力を全く失ったといわれても仕方ないでしょう。

私たちはこの〝学の独立〟がどんどん崩されていった四五年間を生きてきたのです。そのことを少なくとも認識していないと、教育も、子育ても、自分の生き方も見失ってしまいます。「いじめ」も「家庭内暴力」も「学校に行かないという方法で自己を守る子どもの姿」も、みんなこの期間に始まったものと、私はとらえています。秋葉原の事件を起こした若者の親たちも、この時代が育てたということはできると思います。

私は「戦前」と「戦後」をまたがって見ることはできない世代ですが、「高度経済成長」以前と以後を見ることはできました。ここから書いておかなければ、歴史は消えてしまうと思っています。

やっと見つけた故郷なのに

この、他人を蹴落としてでも一番にならなければ、という競争（私は全ての競争をダメと言うつもりはありません。暗記力とテストの点数、楽しいスポーツまで評価の対象になってしまう競争が、子どもを害したと言っているのです）から、私は逃げようと思いました。とりあえずは、いつの間にか金が全てという価値観になっていた親からの逃走でした。

私を利用したと感じて、私の時間を返せ、と叫んでいたときは、なかなか親と距離をとれませんでした。親は、子にとって、やっぱり切なくなるほど欲しい対象です。しかし、この人たちといると、私の人生、生き方もゆがんでしまう、人の価値を出身大学、金があるかどうか、母の場合は根拠のない人間の出自までとやかく言う、それに対していくら反論しても変えようとしない、そういう人といっしょにいること（血のつながりというだけで）は、私にはできませんでした。それが私の「学問」から得たものでした。そして両親と物理的にも精神的にも距離をとることができました。勉強してきてよかったと、今は思っています。

そんな私に、ふりむくと福島があり、義母がおりました。自分の親の方ばかり向いて空しいたたかいをする、息子の妻を、批判するでもなく、行けばじっと笑って迎えてくれて、やりたいようにさせてくれる、雪うさぎのことも教えてくれた義母がいました。

私の息子からはおばあちゃんですが、息子は「久江ちゃん」と名前で呼びます。息子は高校卒業後、この久江ちゃんと一年間生活しながら、福島で浪人しました。いろいろなことがあった一年間のようですが、息子にとって大きな一年間でもあったようです。

義父は二〇年以上前に亡くなりました。どこに行くにもいっしょ、義父が脳溢血で入院したときは病室の床にふとんを持ち込んで離れなかった義母です。どんなにかショックだろうと心配したのですが、元来がのんきで、しかし強い人だったのでしょう、独りぐらしを乗り切ってくれました。畑を耕し、ジャガイモ、曲がったキュウリ、キヌサヤなどがいっぱい入った段ボールを、ちょくちょく送ってくれました。八六歳の今、ひとりで外を歩くことも少し危険になり、介護保険で何とかやりくりしてくれています。いつまでもこのままではいかない、私たちが帰るしかないと思っていたとき、この大震災が起きました。「帰る」ことに意味が加わり、福島が世界一有名なまちになりました。

大震災の前に「帰る」ことを決めていたと書きました。それは、故郷をなくした私にとって、福島は故郷だと思わせてくれるできごとがあったからです。他の人にとってはあまり意味がないことでしょうが、自分の両親と先述したような離れ方をした私にとっては大きな意味を持つことでした。

義父が亡くなって何年もたっていましたが、家の門を入ってすぐ左手にある掘立小屋のような義父の仕事場を、義母も夫も壊そうとしませんでした。これがあるために住居部分が道路から見えません。そのことは義母にとってどこか安心なことだったと思います。しかし一時期、近所で放火事件が連続して起きておりました。夜九時頃になると消防車がカンカンと鐘を鳴らして、火の用心を喚起していました。義父はペンキ屋でしたのでその仕事場には、シンナーとか油とかもまだ多少は残っておりましたし、何より放火犯がねらいそうな物置に見えていました。

夫が少しずつ片付けを始めました。年に数回の帰郷の度ですから、はかどりません。最後は大工さんの手を借りて、数年後に取り壊したのですが、夫が少しずつ片付け始めてすぐのときでした。

「こんなものが出てきたよー」

夫が、二メートル四方ほどのベニヤ板を持ってきました。ふちがぎざぎざに崩れ、板もところどころ削られたようになった、ボロの板です。泥やほこりもついています。

玄関に出て、外の庭で夫が立てた板を見た義母は「エーッ、やんだー」と、大声で笑いました。ちょっとテレています。「何？」と私が外に出てよく見ると、板の上に何か書いてあります。ペンキで。

読んでみると、唄の歌詞のようでした。二番ぐらいまであります。盲目の演歌歌手、竜鉄也の「奥飛騨慕情」の歌詞です。夫が、「何、これ？」と問うと義母は、

「そこでお父ちゃんと毎晩、夜なべ仕事してたべ。そんとき、ふたりでこの唄を歌ったんだ。歌詞、なかなか覚えらんねから、お父ちゃんがペンキで書いて、それ見ながら歌ってたんだ。やんだー、こんなもん出てきて」

義母はなつかしいというより恥ずかしがっていました。

私は、この掘立小屋のようなすきま風だらけの仕事場で、義父と義母が、ふすまの縁を塗ったりする夜なべ仕事を、唄を歌いながらなかよくやっていた、寒いときも暑いときも……と想像したとき、涙がドッとあふれました。

仕事場は、その後何年もそのまま、壊すことはできませんでした。数年前、義母が腰の骨を圧迫骨折して入院したとき、無人になる家を放っておけないと、池をつぶして花壇にし、この仕事場を壊しました。

夫の両親には、私の両親ほどの学歴はありません。義母は私たちの結婚に最初反対したのですが、それは私と会う前で、「四年制大卒の新聞記者してるような嫁はイヤだ」と言ったそうです。それを夫から聞いて、会った後で「あの人は困る」というのならわからなくないけど、会う前に言われても情けない、とにかく会いたいと、ちょうど雪うさぎが出ている、リンゴの花が満開の頃、福島に生まれて初めて来ました。

会ったとき義母は、たたみに頭を押しつけて言いました。

「私は、高等小学校も行ってない。尋常小学校だけです。何も知らない人間です」

私も頭を下げたのですが、義母の心配はここだったのだと、わかりました。私は言いました。

「そんなこと、そんなこと、何の関係もありません。ほんとに何もわからないのは私の方です。よろしくお願いします」

以来、義母の方がずっと我慢をしてくれたのだと思いますが、何となく、気がついたら三五年間も、正月には福島の「いかニンジン」を作りながら、行き来してきました。

この出会いのときの義母のことばは、学歴はないけれど、学問のある人のものです。学歴を持ちながら、金のみ追求し、いわれのない差別心を克服できなかった私の親たちとは全く違う世界で生きてきた人のことばです。

その〝学歴のない〟夫の両親はとても仲がよく、夫は、両親の暴力的な場面は見たことがないという、私から見れば信じられないほどうらやましい家庭で育っています。義母はペンキ塗装の仕事をいつも「手伝った」、建築中の家の屋根にも上がったし、ペンキの入った缶を持ってはしごを上がったり下りたりしたそうです。

私はそれを聞いて、「共働き」だったんだ、と思いました。事実、夫は幼いときから働いている母親しか見ておりません。義父の仕事を「手伝い」ながら片方では家のまわりの田んぼや畑を作っていました。「田植えのとき、背中をブヨが刺すんだ。防ぐために柴《しば》(例の小さな枝の束)を背中にかつぐんだけど、すき間をぬって刺すんだ。痛くてねぇ。足にはヒルだ。血を吸ったらコロッと丸くなって落ちるんだ」などの話を聞きました。

仕事をした記録は何も残らない義母の人生、しかし「働く」記憶を子どもたちに残したのです。この義母の話から私は、当時記事にしたり語ったりしていた女性と労働なんて分野に視野を広げられる思いがありました。「仕事」というと賃金労働しかイメージできなくなっている、「共働き」というと、夫も妻も自宅を出て別の場所で働くことしかイメージできなくなっている、子どもにはそれはどう見えているのだろうか、などと考えるヒントをもらいました。

専業主婦という存在を、ただ家にいて家事をする人と思いこんでいましたが、野菜を作ったり、家族の洋服を作ったり、家で絵を描いたりする人も全部専業主婦でいいのか、なども考えました。人が生活するときの「労働」をどう考えればいいのか、目の前で金にはならないけれど、生活を支える「労働」もあるのではないか、しかし、電化された生活のなかで、そうじ、洗たく、食事作りだけを「労働」といっていいのか？　それなら男性にだってやれるはずだ、やっぱり、女にだけ要求される「労働」だから問題なのだ、と、考えをすすめる根拠を義母は見せてくれたのです。

義母にそんなことを言ってみたことがあります。すると義母は、

「ただ、食べることに必死だっただけだー。子どもを三人、何とか学校にも行かせてやりたいし、他に何もできないからお父ちゃんとふたり、必死でやってきただけだー」

と笑っておりました。

戦後に結婚したという夫の両親です。私の両親よりは若いのですが、福島の（当時は）田舎に生まれ育ち、高等教育とは無縁のなかで、一生懸命生きてきた姿が見えました。それは高度経済成長以前の生活で、しかも、高度成長の建築ラッシュで義父の仕事は軌道に乗るのですが、その後も慎ましく生きた、東北の人間の一つの姿でした。この慎ましさ、他と比較せず、羨まず、静かに生きる生き方、それが全部「東北」とは思いません。義母の性格、生き方だったのかとも思います。しかし少なくとも、子や孫の学歴まで比較し、

他人と語るとき枕ことばに必ず「〇〇大学を出ているのに」とか、「出ているから」とくっつけて語る、私の親たちとは違いました。

私は福島でホッとしました。そうでもないときもいろいろありましたが、戦後という長いスパンで眺めたとき、ここには人間の、地に足をつけた生活があると思いました。

そして、福島に「帰る」と決めたのです。「帰りたい」ところが故郷なら、私は故郷をやっと、ほんとに長い旅をしてやっと見つけました。その福島を放射能が襲っています。生まれたときから広島・長崎を学び、第五福竜丸を知り、ストロンチウム90の雨にぬれて育ってきて、やっと見つけた故郷にまた放射能です。戦後の自分の歴史はずっと、この放射能と共にあるなあと、ため息が出ます。

しかし、福島市に、私は「帰り」ます。あと何年生きられるかわからないけれど、雪うさぎを毎年見られる、雪のシンシンと降る夜の、妙な暖かさも感じられる、長い冬を越して小さな芽を出すスズラン、ウツギ、そして一斉に咲く桜、桃、リンゴの花、菜の花、その春を、もう一度、「沈黙」から「華やぎ」に変える、その一助になりたいと思っています。

まだ、「老後」ではなさそうです。

第三章　高校入試と大学入試の頃

——一九六〇年代～七〇年代

意外にのんきだった団塊世代の学校生活

私は幼いときは四万十市で育ちましたので、そのことについては後述（第五章）します。自分の三歳の頃の、八歳の頃の思いも、そこで書きます。ここでは中学三年生頃からの体験、主として学校教育・システムの部分を書いておきます。こういう制度をとった時代もあったことを残しておきたいからです。

私が高校進学をしたのはベビーブーム時代の子どもたちが高校生になる頃で、私はいわゆる団塊の世代のはしりです。私は昭和二一年（一九四六）、妹は二三年の生まれです。一番子どもが多かったのは二二年生まれですから、私が中三、妹が中一のときの中学校はすごい人数でした。中三のとき、一クラス五六、七人、そのクラスが一三クラスありました。一学年七百人以上いたわけで、全校生徒は二千人を優に超えておりました。

その頃、中学生だった私の耳にも届いたおとなの声に「この世代だけ乗り切ればいい」というのがあります。足りない校舎、設備、それに対して、私たち世代の後は子どもの数が減っていましたので、この世代だけのために金をかけても無駄になる、とにかくこの世代だけやりすごせばいいと、主として政治、行政の方からのホンネが聞こえておりました。教室は文字どおりスシ詰め状態、一番前の席の子の机は教員の教卓にぴったりくっついていましたし、一番後ろの席の子のイスは、壁にぴったりくっついていました。もちろん両サイドの席の机は両方の壁にぴったりでした。

三〇数年たって一九八〇年代にわが子を小学校に入学させたとき、私はほんとうにびっくりしました。一クラス三五人ほど、教室の中央に子どもたちは集まり、後ろには子どもたちの個人用ロッカーもありました。もちろんそれ以前に取材として学校には入っていましたが、「学校」の基本の形は変わらないものの、子どものまわりに空間があることに、私は新鮮な思いを味わっていました。しかしそれが必ずしも子どもにとって幸せではなかったらしいことに、だんだん気づいていきます。そしてそれは、あのスシ詰めの学校生活が、意外にも、子どもたちをラクにしていたらしいという皮肉な現実も知っていくことになりました。

私は、小学生時代も中学生時代も、学校のプールというのを知りません。なかったからです。四万十市時代は小三の途中までですから、体育の時間に水泳はなかったと思います。高知市に来てから、夏になって、体育は水泳となったとき、近くの鏡川がプールでした。ゆるい堰があって、その上流に少々深いたまりができ、そこがプールでした。

四万十川で育った私にとって唯一できるスポーツが水泳でした。スポーツぎらいの私も体育の時間の水泳は楽しみでした。何より、ただ好き勝手に泳がせてくれたからです。全く泳げない子どもたちは、堰を水がゆるやかに越えるところで魚とりです。先生がつきっきりで教えている子どももいましたが、それは、その子が「泳げなくてもいい、せめて浮くようになりたい」と言ったからだということを、後で知りました。その子に「何でそう思ったの?」と、ずっと後になって問うと、「これから先の人生（その子は人生と言いました。まだ一一歳でしたが）、船に乗ることもきっとある。そのとき恐がっていたらいけないから、浮けば何とかなると思って……」と言いました。私は「そんな風に先のことまで考えているんだ」と、とてもその子を尊敬するようになりました。

その子は一二歳、小六のときに母親を病気で亡くしました。幼い弟や妹の面倒をみながら、自分は高校も大学も定時制（夜学）を出て、生きていきました。「人生」を、一一歳のときから考えていた、そういう子どももいた時代です。

もしプールがあったら、おそらく私たちは水泳のスピードを競わされていたでしょう。プールの形は元々、コースに分かれ、一斉に競うために作られていますから。鏡川のゆるい堰のまわりで〝競争〟など思いもつかなかったと思われます。高知県はオリンピックでメダルをとった有名な水泳選手もいて水泳の盛んなところですが、それはそれとして「特別」なこと、子どもは水に親しむことでよい、少なくとも水を恐がることさえなければよいというのが、体育の時間の授業でした。言ってみれば授業とはいえ、子どもたちには「遊び」でした。

ところが高校にはプールがありました。その頃、他の高校にもプールが全部あったはずはないのですが、私が入学した高校は戦前、軍人を輩出した学校（フィリピンで戦犯として処刑された陸軍大将・山下奉文の母校）でした。戦後になってその色彩は一掃されたといっていましたが、建物そのものにその歴史は残っていました。深い、立派なプールがあるのです。そしてやっぱり、あれば、競争でした。高校の体育は大きらいでした。

プールがなかったと今の若い人に話すと、気の毒そうな表情をされるので、いいえ、その方が幸せでした、と言うことにしています。近くの川で二時間、クラスメイトはみんなで自由に水遊びができたのです。学校はだから楽しかったのです。家に帰ったら火を起こしたり、水をくんだりの手伝いが待っています。学校では好きなことができた、そんな時代でした。

中学時代、プレハブ校舎でした。高校もそうでしたので、私たち世代はプレハブということばに違和感はないと思われます。給食がアメリカから入ってきた小麦粉を使ったパンと、脱脂粉乳という、得体の知れないミルク、それに山盛りのヒジキの煮つけなんて出てくるのですから。給食は、好き嫌いの多い私にはとても苦しい時間でした。クラスメイトが飲んだり、食べたりしてくれて助かったときもありましたが、このミルクとプレハブ校舎は私たち世代の共通体験でしょう。初めて会った人とでも、このミルクとプレハブの話をすると急に親しくなって、「私もそうだった」と手を握り合ったりするのですから、子ども時代の共通体験というのは大きいなと思います。五歳下の夫は福島で育ったのですが、給食にチーズが出てうれしかったそうです。そのときから、夫に私は年代差別をしています。「違う」のです。

ただでさえ狭いプレハブ教室にスシ詰めです。夏は暑く冬は寒かったはずですが、あまりそういう記憶はありません。とにかく先生の目を盗むことが容易でした。ふだんから遠い教卓（私は早太りで背が高い方でしたので当時はいつも一番後ろの席でした。ちなみに中三から一センチも伸びていません。最近は縮んでいるようです）、つまらない授業のときは、ちょっとまわりの生徒の陰にかくれて、本を読んだりしていました。先生が生徒の方に近づいてくる空間が少ないのですから、後ろの方はラクでした。けっこう多くの生徒がマンガを読んだりしていました。マンガがおもしろくて、突然笑い声をあげてしまい、先生に怒られ没収されるドジな男の子もいました。

高校のときは、授業中、ボタッと音がして、先生やみんなが見ると、一匹のウルメ（メザシのようにイワシを干したもの）が落ちています。早弁をしていた子が落としてしまったようでした。先生はひと言「今日のおかずはウルメか」と言って、授業はすすみました。みんなはクスクス笑っていて、とても楽しい思い出です。

とにかく、生徒の数が多くて、教室やプールが間に合わないことは、子どもにとって必ずしも不幸なことではなかったということです。隠れる場所があり、遊ぶこともできました。一九八〇年代になって私は「いじめ」の取材を多くするのですが、自分の育った学校と、当時（八〇年代）の学校との違いに愕然としました。子どもの数が減ることは、先生の目が届くことになると同時に、隠れる場所がなくなることでした。それは、いつもどこでも「いい子」を演じなければならないことにつながりました。設備は昔より整っていくけれど、その設備を「大切に使う」教育も始まりました。それも、ものを大切にする「いい子」の強制でした。もちろんプールは、入学以前から子どもたちが通わせられるスイミングスクールからつながる競争の場になりました。学校は子どもにとってホッとできる場からどんどん離れておりました。

人数が減ったなかでの現代の子どもの苦しみ

一番ショックだったのは、数が減ったクラスの子どもたちの人間関係でした。おとなたちは、子どもの数が減れば、それだけお互いを知ることになり、濃密な人間関係が構築できると考えていたようです。そんな風に書く学者もいましたが、それは、子どもの実態を知らない人のことばです。あまりにも単純です。

「子ども同士の濃密な人間関係」——このことばは、現在ではむしろ恐怖につながることばです。そこに「対等」ということばがないからです。上下関係、強弱関係、つまり「いじめ」を子どもの側から表現することばになります。どんなにひどい目にあっていても離れられない、卒業し、別のまちで就職しても追いかけて来て金を脅し取る、ひどい場合は身体を拉致して連れ歩き、暴力をふるい、キャッシュカードで金を奪い取る事件のグループも、同級生という名の「なかよし」のなかで起きています。

子どもは幼ければ幼いほど、濃密な人間関係などつくれません。またつくる必要も全くないと私は思います。出会ったときはほとんどがケンカの眼差しです。さぐり合いの関係です。そばにいる親や保育士や先生たちから、長い時間かけて、なかよくする方法を学んでいきますが、それは、真のなかよしなんてそんなにかんたんに見つからないことを知ることだったり、こんな思いまでしてなかよくしてもらわなくてもけっこうですと思うことだったり、独りぼっちだと気づいたり、助けてくれる人もいるんだなとわかったりすることです。いつもいつもなかよしのフリをすることとは全く別のことです。

現実は、もうヨチヨチ歩きの頃から「なかよくしましょう」と言われ、和を乱す子どもはきらわれていきます。おとながきらうから、子どもたちもその子をきらいになっていきます。フリを学んだ子どもたちは、先述した「いろいろな人がいる」ことを学ぶチャンスを奪われます。私はこのことを「人間関係をつくるための基本の力が育てられてこなかった」とか、「心が耕されることが少なかった」などと表現してきました。

子どもの「濃密な人間関係」は、兄弟・姉妹でもないのに生まれたときから同じ環境で育ち、助け合い、救い合って生きたなかくらいでしか成立しないでしょう。兄弟・姉妹の関係はやはり「他人の始まり」です。自らの意志や体験のなかからつくった関係であることは少ないから、「濃密」にならないのです。「仕方ない関係」にはなるのですが。あるいはうんと幼いときに出会い、長い時間を積み重ねて、おとなになってからお互いにふり返るとき認識されるものなのでしょう。初めから「クラスの人数を減らせばなかよくなれる」なんて、あまりにも単純な考えです。

クラスの人数を少なくすることは、教員にとっては効果があります。一人ひとりをよく把握できるからです。しかしとても大切なことで尚かつ見落とされがちなことですが、そのときには真に教員のレベルが問われます。どういう基準で一人ひとりを把握するかによっては、子どもにとって苦しみが増すからです。「私に、全てを話しなさい。包みかくさず」と言いつづけ、一人ひとりと〝対話〟しているつもりになっている教員を見たことがありますが、三八人のうち九人までが学校に来なくなりました。当然だろうと思います。

教員が「一人ひとりを把握する」ことは、教員の心の中で、あるいは教員同士が話し合うなかで行うことです。「あの子はちょっとしたことば、態度に脅えるところがあるな」「あの子はこの子となかよくしたがっているけど、この子はいやがっているな」「あの子は家庭でちょっと追いつめられてるんじゃないかな」など、こういう気づきはすごく大切だと思います。その上で一人ひとりに対応するのが、真の「一人ひとりを把握する」です。教員である「私」が、子ども全ての心の内までつかまえることでは決してないのです。

子どもの側からこれを見たとき、生徒の数が減ることは、一人ひとりの教員からのプレッシャーが強くなることを意味します。現実問題として真の「いい教員」は少ないので、出会えるチャンスも少なく、逆に生徒数が少ないから安易に教員が子どもの目をのぞくことになり、それだけでその子を「わかった」つもりになります。そして子どもたちは教員にどう見られるかを気にすることになり、そのことは一方で自分が他の子どもにどう思われているかを気にすることになります。

子どもの数が多かった頃は、この二、三人のグループでは私はうまくつきあえないと感じたら、スルーッと他のグループに入っていくことができました。いくつもグループはあったし、グループに全く属していない子もいたから、そういう子とふたりだけでいることも可能でした。自分が全くひとりでいることも、時には誰かといることも可能でした。私の友人など、高校生のときですが、弁当はこのグループ、勉強はこのグループ、まちにくり出すときはこのグループと、極めて調子よく、所属場所を変えておりました。ひとりでいるときもありました。

いつもなかよくと、小学校入学時から要求されると、子どもはつらくなっていきます。まわりのおとながそのことに気づいていなければ。

私は、学校で救われました。父親の暴力でゆがんでいた私の心を文字どおり支えてくれた教員も、一番の救ってくれた人です。と同時に気をつかわないで済む、時にはボーッとさせてくれる、にぎやかな、クラスの子の顔を覚えることも不可能なほどの人数の学校が、家でキリキリと胃が痛むほどの気づかいをしなければならなかった私には、大きな救いでした。

そういうプラス面は、たまたま私がその後、三、四〇年もたった後の学校を取材することがあってわかったことです。私が中三の頃は、高校進学熱も高くなっていて、この多くの子どもたち全員が入学する高校の不足が問題になっておりました。特に私が生まれ育った高知県は、教員たちの運動が強く、長い期間つづけられた県で、一九五〇年（昭和二五）から八年間、高校に進学したい者は全員無試験で入学できました。高校全入運動といいます。

高校への進学率は現在では九七％といわれ、ほとんどの子どもが進学します。その後の中退とかいろいろ問題はありますが、希望だけをとればほぼ一〇〇％の子どもが「高校は出たい」、親は「高校までは出してやりたい」になっています。

私が高校進学の頃、一九六二年（昭和三七）の高校進学率は六四％でした。ほぼ三分の二が進学を希望する状況でした。ちなみにその一二年前の五〇年（昭和二五）は四二％、一五年後の七六年（昭和五一）は九二％です。急速に上がっていくことが数字の上でもわかります。なかでも新制高校設置直後の四八年（昭和二三）頃、高校進学率は二三％で

「全国最下位」（高知市教組40周年記念誌『たたかい越えて』によれば）でした。希望する生徒はみんな高校に進ませたいという親・教員の願いで、高知県では特にこの全入運動が闘われたのです。

戦後すぐの改革のなかで教育委員会は選挙で選ばれた教育委員によって組織されていました。いわゆる教育委員公選制です。しかしこの制度は五六年（昭和三一）、国会に当時の警視庁予備隊五百人が導入されて強行採決された、地方教育行政の組織及び運営に関する法律によって、自治体の首長による任命制へと変えられていきます。背景には教育の戦後改革に不満を持つ政治家や、「次世代の科学競争に勝てる子どもの育成」を望む産業界の動きがありました。この年は「もはや戦後ではない」といわれた年です。

この教育委員公選制は八一年（昭和五六）、東京都中野区で準公選制として復活しました。九三年の選挙まで四回にわたり行われましたが、やはり区議会で反対が強くなり廃止されました。大切な試みであったと私は思います。「地方分権」を声高に言う首長がテレビなどに露出していますが、この試みはそういう意味でも大きな意味を持つものです。しかし今「地方分権」を吠える人たちは、教育委員を市民が選ぶということの方法を決して採用しないでしょう。労力も金もかかりますし、何よりこの人たちのいう分権の「権」は、市民の「人権」の「権」ではなく自分たちの「権力」の「権」のように思いますから。

高知県でもこの公選制のときは高校の無試験全員入学制を守ることができたのですが、公選制を国がつぶしたらすぐに、全員入学は学力低下をまねくとか、中学生が勉強しなくなるなどを理由に、選抜試験が実施されていきます。真の理由は、これだけの子どもたちを全員入学させるには高校をいっぱい作らなければならない、教員も増やさなければならないけれど、その金はないということのようです。

しかし、その後の、現代までの主として自由民主党が担った文部行政の流れから判断すると、「学力の低い子どもに金を使うのは無駄」というのが本音だったと、私は思います。この公選制廃止が決まった国会には教育基本法改正をねらう臨時教育審議会（臨教審）設置法案もいっしょに出されています。こっちは強い反対運動で廃案になりましたが、私は覚えています。この臨教審というのは、一九八四年、横浜市でホームレスが少年たちに殺された事件の後、「教育の荒廃」ということばが喧伝され、また作られました。首相は中曽根康弘氏です。この後次々と作られた、同じような審議会の委員のひとり三浦朱門氏は、「非才、無才には、せめて実直な精神だけ養ってもらえばよい」と言いました（斎藤貴男『機会不平等』文藝春秋刊）。やはり、学力のない者は黙っていろということです。

学力がある子には金を出す、ない子には出さないという考え方そのものが利益優先の企業の考え方です。経済成長に向かってつっ走るなかで、こういう考え方は深く浸透し、私たちもその流れに乗せられ、わが子を学力へ、学校へと追いたてできました。真の学力とは何かを問うこともなく、暗記と素早い計算力を基準にテストの成績を競う形で追い立てられてきました。この流れにうまく乗れた子どもが「学力のある」人間とされました。そして〝いい〟大学に、〝いい〟会社に入っていくことができました。この人たちの中から、今回の福島での原発事故につながる「専門家」も、電力会社の役員たちも出ています。

そんな、戦後の、戦前への反省から生まれた新しい試みがどんどん崩されようとしているなか、私は高校入試を迎えました。「入試」と書きましたが、高校全入運動を闘う親や教師のおかげで、今ほどひどくはない入試制度でした。何がひどくなかったか、それは、今ほど点数のみで学校間に格差をつけなかったことと、初めから八五％の生徒は入れるとわかっていたことです。ほんとは希望する全員が入学できればよかったのですが、苦しい折衷案だったのでしょう。

当時高知市には市内四校という県立の普通校四つと、市立商業高校、県立農業高校、他県と違って「優秀な子」が入れる私立高校二つがありました。普通校四校は希望者全員が高校入学試験を受け、合格者（八五％）は全員平等に四つの学校に振り分けられました。

私は市内四校のどこかに入れたらそれでいいと思っていました。しかし母は私立の〝優秀〟な子が通う高校を受けろといって聞きません。中学校での成績は私は良い方でした。

勉強という作業はきらいではありませんでした。予習をして、その予習通りに授業が理解できた日は楽しかったし、その部分をまたその日のうちに復習してまとめました。こんな子は勉強に向いているのです。もっとも私の場合向いているというよりは、家で机に向かっているときだけは親の間をとりもつ気苦労をしなくて済んだ、妹のめんどうを見なくて済んだのです。自らすすんで勉強したというよりは、勉強に逃げていたのです。

そんな私の苦しみを全く理解しない母は、私立受験をすすめました。どうでもいいやと思って受験しました。学力テストと面接がありました。学力テストは難しいと思いませんでした。終わってから答え合わせをすると国語や社会はよくできていました。学力は合格だろうなと心の中では思いました。

しかし面接は悲惨でした。私は中三のとき、その全校二千人以上のマンモス校の生徒会長をしていました。これもまたおもしろい体験でしたが、各クラスからみんなで推せん者を出し、選挙運動をやり、全校投票で決まるのです。授業そっちのけで盛り上がる選挙でした。私は女子では初めて生徒会長になりました。よく掃除をサボって、生徒議会で「会長のくせに掃除をサボるのはよくないと思います」などと吊るし上げられて、すみませんでしたと頭を下げておりました。だらしない会長でした。

私立高校の入試の面接は、ふたりの男性教諭によって行われましたが、最初から最後まで質問はこの生徒会活動に終始しました。「高校に入っても生徒会活動をやりますか?」「いいえ、もうやる気はありません」「みんなに望まれてもやりませんか?」「はい」「みんながみんなやってくれと言ってもやりませんか?」――今、書いていても妙な感じです。何故こんなに問いつめるように言うのか、そのときもさすがに変に思いました。正直にいこうと決めていましたので、「そんなに望まれたらやらなければならないと思います」と言いました。とたんに「はい、けっこうです」と言われ、私は不合格でした。将来何になりたいのか、どんな本が好きか、聞かれそうな質問を想定して用意していた私は気がぬけました。

後でわかったことですが、当時高知県には高校生生徒会連合(高生連)が組織されていました。一九五四年(昭和二九)にできたものですが、その前後から激しくなった自由な教育への国の介入、特にいわゆる勤評闘争(先生たちに成績をつけて管理しようとする方向に反対する運動)のなかで、「私たちの校長先生を返して!」などのスローガンをかかげて高校生たちが集会を開いたりしていました。その高生連の活動をイヤがったその私立高校が、市内でも有名なマンモス校の女子生徒会長を必要以上に警戒したのでしょう。

私はその頃、高生連の名前は聞いていても、私とは無関係と思っていました。また中学校の生徒会は遊び半分、友人たちとワイワイさわぐためにやっていたようなもので、高生連の政治的な活動とは全く無縁だったのです。もっとも教員一家に生まれた母の兄たちが高知県の教育界でも〝有名〟でした。長兄は勤務評定を教育委員会に提出しなかったために、地方（高知県もかなり地方ですが、さらにその中でも地方）にとばされたりしていました。次兄は東京に住んで大学教授、サヨクで、よく高知の闘う教員たちに呼ばれて講演に来ておりました。そんなことも影響したのかもしれません。

私はその私立高校がキライだったので心からホッとしました。母は「おかしい。兄さんに言って調べてもらう」などと息まいておりましたが、私は、「そんなことしたら家出する」と言って母をおどし、友人たちといっしょに県立高校入試を受けました。

当時の市内四校は一応学力差のない普通校でした。共通の県立高校入試を受け、上位数％と下位数％は平等に振り分けられ、まん中あたりの成績の人たちは家との距離、形だけの本人の希望などにより振り分けられました。本人の希望は願書を出すときに三つまで書くことができました。

結果は、私が希望に書かなかった最後の一校でした。頭の中で考えました。振り分けられるのは主に上位か下位、私は客観的に見て下位のはずはない、だとすると上位数％の中に入って、〝平等〟にするために分けられたのだと思いました。決まった高校は家からも遠く、窓ガラスは割れ、古い鉄筋の校舎はまるで裁判所か牢獄のように見えました。先述したように軍人を育てた歴史を持つ高校で、いわゆる戦後民主主義の歌、「青い山脈」のなかの、古い上着よさようならという一節の古い上着のような、権威主義的に見える建物でした。

しかし私は、高校は通過地点ぐらいに当時は考えていました。どこでもよかったのです。四月から通い始めましたが意外にも中学校の同級生は多くありませんでした。電車ではるばる一時間かけて通ってくる生徒もたくさんいて、いろいろな人と出会いました。

最初の英語の授業のとき、先生が近づいてきて小さな声で聞きました。「大学は行くのでしょう?」。えっ? と思いつつ「そのつもりです」と答えました。「あなたはトップクラスで入ってきている。責任がある。高校入試に落ちた子の分も、がんばらないと……」と言って、教卓に戻りました。私は、ああ、また、と思いました。まわりの、初めて出会った生徒がジロジロ見ています。私はまっ赤になったことを覚えています。

「成績の良い子の方が、成績の悪い子より責任がある」――このことばは小学校高学年の頃からずっと言われてきました。どの教員も、そう言ったのです。初めは意味がわかりませんでした。私のことを言っていると思わなかったからです。今の人には信じられないでしょうが、私は小学生のときから、中学一年生ぐらいまで、自分の通信簿に全く無関心でした。体育以外はほとんど5という成績でしたが、親に見せないまま印を捺して担任に返したこともありました。夜には殴られ、母が泣き、翌朝はなにごともなかったフリをして登校する、そういう自分が惨めで、自分の家族が恥ずかしくて、成績なんか、というのが本当の気持ちでした。しかしまわりは「できる人」と思っていたわけで、そのことを知るのも何と二〇歳を過ぎてからです。

高校でもまた言われました。いささかウンザリでした。成績の良い子と言われたって、それだけでシアワセなわけじゃない、なんでそれだけで責任があるなんて言われなきゃならないの？　と思いました。そのうち、教員たちの言っていることの意味は大きいことを知りました。大学に入って、さらにさまざまな本を読み、悩み、学問の存在を知ったとき、学問する人間の責任と置き換えて、日常の生活に追われる人と、本を読んで生きられる人の責任を考えざるをえませんでした。しかし高校時代はそんなこと、今のことばでいえば「うざい」だけでした。

一応、市内四校に差がないという県立高校入試のシステムのおかげで、私はもう半世紀もの間、兄妹よりも親しくつきあう友人と出会うことができました。この一点だけで、私個人としてはこのシステムはすばらしいと思っています。

二〇一二年いっしょに福島に「帰る」親友は、この高校の美術科の授業で出会いました。家庭、美術、音楽のどれか一つを選択すればいいなかで、女子のほとんどは家庭科を取っていました。一学年五百人ほどいて、女子が半分としても二五〇人はいる中で、美術を取ったのはたった三人でした。そのうちのひとりは中学三年生のとき同じクラスだった人ですが、私とはソリが合わない人でした。それ以外のひとり、他の中学校から来た彼女と、初めからウマが合い、なかよくなっていきました。

ふたりで話し合って美術部に入り、油絵を始めました。母に頼んでお金をもらい、画材屋で油絵具やイーゼル、カンバスなど買った日、帰りみち私は涙ぐんでいました。生まれて初めて、自分だけの物を買った、自分の希望を親に言えて、自分しか使わない物を買った、何というぜいたくなことか、そう思うとジーンとしてきたのを覚えています。

こうしていっしょに油絵を描き、その後彼女は写真学校に入り、カルチャーセンターの職員として生活することになるのですが、この彼女は勉強ぎらいでした。「集中することがめんどうくさい」と公言する人ですが、絵を描いているとき、好きな本を読んでいるときなど、まわりのものが目に入らないほど「集中」していますので、「集中がきらい」というより「勉強という作業がきらい」というのが当たっていると思っています。

そういう彼女と、勉強という作業が〝趣味〟といっていい私とでは、おそらく成績だけで見れば差があったと思います。そのふたりが出会えたのは、成績だけで子どもを選別することが少なかった（八五％入学ということは一五％の子は入れていないのですから、選別がなかったわけではありません）システムだったからです。今のように、中学校までの点数のみの成績で序列化されるシステムでは、私たちは出会えなかった、あの時代でよかったねえと、会えば笑いあっておりました。

その彼女もいろいろあって、今は独身で、四、五年前に定年退職しました。私の夫の故郷、福島の古い貸家に住みたいと言って、いっしょに「帰る」ことにしました。一九四六年（昭和二一）八月、旧満州で生まれ、ずっと、中国に観光旅行する気にはなれないと言ってきた人です。この友人もまた、故郷というものをある意味、持たないで生きた〝戦後人〟です。

この入試のシステム、県立普通校は成績で差がないというやり方は、ずっと後になって受験競争激化の弊害があらわになった一九六〇年代後半に、東京都などが学校群制度として実施したものと同じようなものです。高知県は先駆けていたのですが、やはり、大学入試の成績が伸びないという批判のなかで、すぐに変えられていきました。要するに学校を序列化して「成績の良い子はもっと（お金をかけて）伸ばす、悪い子はおとなしくしていてもらおう」という考え方のなかに押し流されていきました。二歳下の私の妹のときはもう単独選抜になっていましたから、私などは平等をできるだけ保証しようとしたシステムの最後の世代と言えます。人生最大のラッキーと、私は思っています。

この高校には「進学部」がありませんでした。「就職部」はありましたが、大学の資料や入試のための情報を集める活動は、私が高三になるまでなかったのです。大学進学希望者は三割ぐらいの頃ですから当然ですが、東京のいとこたちからの情報、四年前に大学に入った兄からの雑誌などの資料を見るにつけ、こんな大学には入れっこないなと、初めからいくつかの大学はあきらめていました。要するに大学に行くことは決めていましたが、それもどこでもよかった、この家から公然と離れるためなら、どこにでも行く、そう思っていました。そんなことより友人と油絵を描き、それをしながらつまらないことで笑いころげる、そんな高校生活が楽しかったのです。

高二のときの担任が、とつぜん私を職員室に呼び出して、「おまえは早稲田大学に行け。一番合っている」と言いました。私はポカンとして担任を見つめました。美大に行きたいと心の中では思っていたからです。早稲田大学はその担任の母校のようでした。私は「ハイ」と返事しながら「入れるわけないじゃん」と思っていました。難しいことぐらいわかっていました。いとこや兄も受験して、みごと落ちていましたし、自分の勉強の結果を他人と比較することに全く慣れていない私には、「無理なこと言わないでよ」というのが本音でした。

そんな私が何としても早稲田に行くと決意したのは、私が高三になってからできたばかりの「進学部」の年配の女性教員のひと言でした。まだ、先生たちの机を運び込んだりしているくらい、できたてホヤホヤの「進学部」の部屋で、その先生は「どこの大学に行きたいの?」と聞きました。二年のときの担任とのこともあったので、恥ずかしいと思いながら「一応、早稲田に」と言いました。たちまち鋭い声が返ってきました。

「この学校から入れるはずがありません。もっと足元を見なさい!」

黙って部屋を出ました。そして廊下を歩きながらムカムカとハラが立ってきました。私の力では入れないというのなら仕方ない、「この学校から」というのは、この学校のみんなをダメだと決めつけている、冗談じゃない、やってやろうじゃないの、日本一低い学力を競うこの県で、全員入学制を維持できなくなったとはいえ、学校間の格差をなくそうとがんばっているおとながいっぱいいるこの県で、そのダメといわれる市内四校から、塾にも行かず、情報もなく、でも、やってやる! そう思いました。

私の良いところでも悪いところでもあるのですが、すぐまわりを背負ってしまうところがあります。私ひとり侮辱されても、私がガマンすればいいと沈黙するのですが、まわりの兄妹や友人が侮辱されるとカッとなってその場に飛び出してしまいます。特に身体的に弱いところを持っている子どもが何かされていたら、身のほどしらずにシャシャリ出ていってしまいます。そしてひどい目にあったこともあるのですが、このオッチョコチョイは治りません。

このときの決心はけっこう強いものでした。高三の六月頃のことです。兄が残していった『蛍雪時代』という雑誌をめくり、本屋さんにまっすぐ行って最新号を買ってきました。そして、当時の早稲田大学がどのくらいの難しさなのか調べました。偏差値なんてものはありません。出ているのは受験の倍率ぐらいです。確か文学部は一五倍とか二〇倍とか出ていました。そうか、五〇人のクラスで数人くらいしか入れないのかと思いました。その五〇人のレベルなんてちっとも考えていないのですから、今から思うとのんきです。

雑誌の広告に「夏期講習、生徒募集」というのが出ていました。その主催者が、要するに塾なのですが、早稲田〇〇と出ていました。どんな塾なのか全く知らないまま、早稲田という字だけで、ここに行きたいなと思いました。後でわかってみると、単に「早稲田」という町にある塾だったのです。期間は三週間、早稲田大学近くの教会でやるといいます。けっこう費用もかかりそう、何より東京までの交通費、滞在費など考えたら全く無理、そう思っていました。しかし自分の学力の範囲が見えません。これでは秋からどこに集中すべきかわからない、何としてもあの女性教員をギャフンと言わせてやる、そのために何ができるか、いつも何かに向かうときの私のやり方です。勉強よりも、その方策を考えることの方がワクワクしました。

母に思い切って打ち明けました。母は意外にも大喜びでした。「やればできる長女なのに、ちっともやる気を見せない」と思っていたそうです。初めて自分から「やる気を見せた」と思って、とてもうれしかったと言っていました。私は内心では勉強に「やる気」ではない、あの先生とのケンカに「やる気」だったので、母を欺いているようで苦しかったです。でも、母を欺いてでも、あのひと言には勝ちたいと思っていました。

東京には、その後（それまでも）私をずっと支えてくれた、母の兄がいました。大学で教員をしながら、さまざまな政治的・社会的発言もしていて、いわゆる〝サヨク〟といわれる人でした。兄と同い年の長男、私と同い年のいとこもいて、幼い頃から高知に来るとわが家に泊まって、兄が上京するとお世話になっているつきあいでした。

母が伯父に頼んでくれました。二つ返事で私を一ヵ月も滞在させてくれたのですが、伯父よりも伯母、いとこたちに、本当に迷惑をかけたと思っています。まだ新幹線ができるかできない頃で、高知駅から高松、そこから宇高連絡船、そして岡山県の宇野からは寝台車でした。早朝、品川駅にいとこたちが迎えに来てくれました。

当時目黒にあった伯父の家から〝早稲田〟町にある塾が主催する夏期講習の会場まで、一時間ほどかかりました。早く行かないと前の席が取れないとわかってから、朝六時半に目黒の家を出ました。伯母はそのときにはおいしいお弁当をいつも用意してくれました。

料理教室を開いていた伯母の作るサンドイッチは、その後食べたどこのサンドイッチよりもおいしいものでした。六時半に家を出る私のためにこんな手のかかるサンドイッチ（例えばサラミのように見える肉のくんせいなども手作りでした）を作ってくれるなんて、伯母さんは何時に起きているのだろう、夜も遅くまで伯父さんの帰宅を待っているのに、いつ寝てるんだろうと思っておりました。

同い年の双子のいとこは代々木の夏期講習に行っていました。いっしょに出ることもありましたが、私の方が遠いので早く出ることが多かったのです。このいとこたちは部屋を空けてくれたり、当時同居していた私たちの祖母（母たちの母）の、わけのわからない〝主張〟にも、がまん強く対応していました。スポーツをやっていて、私とは全く違うタイプのふたりでしたが、家の中ではけっこう厳しい親や祖母に気をつかっていて、私も家で気をつかう子でしたのでよくその気持ちはわかりました。そのことで話し合ったりしたことはありませんでしたが、同時代の受験生だったなあと、妙に、感心しています。つまり、親に言われて勉強するのではない、自分の意志で大学に行くのだから、「行かせてもらう」という気持ちが共通にあったと、私は思っています。

真夏の、もちろん冷房などない会場での講習はけっこうしんどかったです。初めての東京、初めての塾、まわりはみんなすごくよく勉強している人のように見える、あざやかな標準語、着ているものも、私のように母のスーツを直したスカートではない、何かとてもセンスがいい（ように見えました）、それだけで圧倒されて、あの先生をやっつけるために大学に入ろうなんて、やっぱり無謀だったなあと、自信をなくしていきました。ホームシックにもなりました。

そんなとき、その講習全体の模擬テストがありました。英語、国語、世界史を私は受けました。結果発表の日、会場にいつも通り行くと、同じ塾が別の会場でも行っている講習全体で五千人ほどが受験していたらしいのですが、教科毎のベストテンが貼り出されています。みんな集まって「すごい！」とか、いろいろ言いながらその紙を見つめていました。私は、どうせ私なんてと思って通りすぎようとしたのですが、特徴のある私の名前「国見（旧姓）悦」が目に飛びこんできました。エッと思って引き返して見ると国語で七番をとっていました。浪人生もいろいろいる、東京の優秀そうな人たちの中で、ウソ、何かのまちがい？　いろいろ考えました。

模試なんて初めての体験でした。成績が貼り出されるのもこのとき初めて体験しました。小学校からずっと、私の通った高知県下の学校では、子どもの成績を貼り出すことに強い反対があって、私は一度もそういう体験をしていません。だから、隣の子が勉強得意じゃない子だなと思っても、クラスで何番なんて発想は全くありません。私は、そういう時代に子どもであったことをとても幸運だと思っています。成績の結果はその子の一つの個性にすぎないと信じて、友人を見つけ、すごすことができたのですから。

このとき私は、成績を貼り出すことの結果を初めて知りました。講義の間私たちはいわゆる受講票（といっても今のようにカード状ではなく、少し厚手の紙に手書きしたもの）を机の右上に置くことに決められていました。ニセ受講生（けっこうたくさんいたらしい？）を防ぐためというのですが、写真も貼付されていませんので、結局はそれぞれの信頼の上でということのようでした。

私はいつものようにその票を机の右上に置いて座りました。テキストを出したりしていると、まわりでザワザワしています。圧倒的に男子が多い会場でした。どうしたのだろうと思って見ると、うしろの席の子が数人のなかまと、私の受講票を指さして、「女だったんだ」とか「エーッ、女？」なんて小さな声も聞こえます。私の受講票の名前を見て、さっき貼り出されていたベストテンの中の名前と一致することに気づいたようです。

確かに私の名前はよく男か女かわからないと言われました。国籍は日本ですか？　と聞かれたこともありました。それだけ「？」が多いということは印象にも残ったのでしょう。そしてベストテンの中の名前はてっきり男だと思っていたのに、見た目では女の私がその名前の受講票を持っている、そこから気づいてザワザワになったようです。

私は受講票を裏返しました。みんな何となくシラけて散っていきました。成績が貼り出されなければ私の名前など、誰も気づかなかったはずです。田舎出のボソッとした美しくもない女子高生のことなど、気にもならなかったことでしょう。しかしその日、そのときから、私への態度は微妙に変化しました。いつもそこに座るために早く出かけていたその席は、いつも空いているようになりました。何となく私の指定席のようになってしまって、私はいたたまれない思いでした。もうすぐ終わるというときだから何とか耐えましたが、成績、それも点数がちょっと高いということがわかっただけで高校生に与える影響は、とても大きいのだなと思いました。

しかし私はこのことで、少なくとも国語に関しては自信を持ちました。見かけだけで、みんなすごくいい成績なのだと思っていたけど、そうでもないんだ、兄が言っていた、私立文系三教科の受験なら、これだけは誰にも負けないという一教科があればいい（兄は数学のみ得意という変わった人です）ということばを思い出して、秋からの計画を立てました。九、一〇、一一、一二、一月の五ヵ月の計画です。

毎日学校が終わったら、帰って寝るまで六時間ある、そのうち国語は学校の授業のみでいいとハラをくくりました。合間に、見たいテレビは見ることにして予定表に組み込みました。「夢であいましょう」（ＮＨＫ）とか、その年の秋の東京オリンピックの体操競技

（確かチャスラフスカという東欧の美しい選手が有名でした）は見ようと決めていました。見たいものは見る、読みたい本も読む（その頃、松本清張と、コナン・ドイルの「ホームズ」物に夢中でした）、残りは勉強と決めたらラクになりました。

夏期講習の模試で英語が最悪でした。しかし私は単語を一つひとつ暗記するなんてイヤでした。エドガー・アラン・ポーの小説を原文で読んでいきました。『黄金虫』を辞書を片手に読んでいって、途中で恐くなって、夜中に心からゾッとしたことを覚えています。世界史は好きな教科でしたのでその時代別の世界地図帳、年表をそろえ、教科書に沿って、その時代をタテとヨコでつかまえていくやり方をしました。例えばヨーロッパでローマが栄えた頃、日本、中国はどうだったのか（ちなみに、その頃日本は卑弥呼と古墳の時代、中国は後漢の時代）というように、覚えては忘れ、忘れてはまた読みをくり返していくのみでした。

これでいいのか悪いのか確認することもできないまま、我流を通しました。大学合格はケンカに勝つことでしたので、時々疲れてめげそうになると、その先生のひと言「この学校からはムリです」を思い出し、カッとなって励まされてがんばりました。一方でいつも新しい知識を仕入れて、へえーッと驚いていました。それはそれで楽しいことでもありました。

世界史では忘れられない思い出があります。私が高三で受けた学校の世界史の授業は最悪でした。年配の、他校からそれだけ教えにくる教員でしたが、暗い印象の先生で、中国の史実と確認されていない〝理想の〟皇帝の話、日本のウソっぱちな神話にとてつもない時間を割くのです。そして時代が進んで近代に来ると、当時のソ連（いまのロシア等）の歴史は一切やらないと言います。生徒がなぜですか？　と問うと、「私はアカはきらいだから」と平気で言うのです。

この先生はダメだと見切りをつけた私は、世界史は自分でやろうと決めていました。ところができたての進学部の先生たちが中心になって各教科毎に毎朝、授業前に一時間、補講をするということになったのです。私は世界史をとりました。授業がひどかったからです。やはり年配の小柄なM先生が、毎朝、自分の身長より長い地図をグルグル巻きにしたものと指し棒を持って来てくれました。年代別地図の大型のものでした。

開講時にはそれでも二〇人ほどの生徒がいました。塾も今ほどはない時代ですが、大学進学を志す生徒も一五〇〇人ほどの中で五〇人くらいの割合でした。私の親友もいっしょでしたが、彼女はすぐ来なくなりました。早く起きられないのです。ひとり減り、ふたり減り……とうとう生徒は私ひとりになりました。真のマンツーマンです。私ひとりのために先生は重い地図帳を持って早朝から来てくれる、私もやめれば先生もラクなのではないか、でも、朝来て、誰もいなかったらガッカリするのではないか、今日のうちに職員室に行って断ろうか、そんな風に迷いながら一ヵ月ほどたちました。毎朝マンツーマンでした。

私は思いあまって母に相談しました。母は昔、教員をしていました。教員の気持ちを聞こうと思ったのです。事情を話すと、母は言いました。

「そうねえ、先生の側から言うと、朝学校に行って生徒が誰もいなかった方がさびしいと思う。あんたひとりでも来てくれたらうれしいと思うけど……」

最後まで、マンツーマンでした。そんななかで先生は、いつの時代だったか細かいことは覚えていませんが、ユーラシア大陸の地図を広げ、ちょっと余談という感じで、アジアとヨーロッパの交易の始まりを話してくれました。黒板に「貂」という字を書いて、「読めるか?」と問いました。首をふると「テンと読む。この毛皮が極東アジアやシベリアあたりからの重要な交易品になったんだ。ま、あんまり受験には関係ないと思うけど……」と笑いました。私はこの時代をもう一度、家に帰ってから地図と年表で確認しました。広い地域にまたがるシルクロード以前の交易は、当然あったはずなのによくわからないというより、私の頭が整理されていなかったからです。

そして翌年三月、早稲田大学第一文学部の入試の世界史は問題が大きく四つ出ましたが、そのうちの大きな二問目が、バッチリこの時代のものでした。設問の1．は「貂」の読み方を答えなさいというものでした。そしてその中の次の問題は、その時代の東西の交易、その頃の日本はどんな状況だったのかなど幅広く問うものでした。私は、M先生に心の中で「出ました！　ありがとうございます」と言いながら、スラスラと答えを書きました。面接試験で明らかにしてくれたのですが、このときの世界史は百点満点にして九二点でした（当時は二次試験まであり、それは教授ふたりによる面接試験でした）。

テスト終了後、廊下に出ると受験生が友人たちとワイワイ言っていました。多くの生徒が友人たちとグループで受験していました。今のように塾の先生がはちまきをしてという光景は全くありませんでしたし、親もほとんど来ていませんでしたが、地方からまとまって受験する子たちは担当の先生に励まされたり、答え合わせをしたり、昼食をいっしょにとったりしていました。私は独りでした。まわりの声が耳に入りました。

「あの二番目の大問題、あれ、何て読むの？」「わからない」「あの問題、オレ、全部ダメ」「あれ、落とすための問題じゃないの？」——なるほど、落とすための問題なんてあるんだ、受験情報のほとんどない高校だったから、そんなことばも知りませんでした。

受験が終わって、合格がわかって、母校に報告に行きました。M先生にまっ先に「先生、出ました、出たんですよ、貂《てん》が」と言いました。M先生はびっくりして「そうか、そうか」と笑っていました。まわりの先生たちが「何だ、そのテンて?」と問うので、M先生とふたりだけの授業の話をしました。先生たちは私とM先生のマンツーマンの授業のことは知っていましたが、「貂」の話は知りませんでした。ふと見ると、進学部長のH先生が涙を浮かべています。「よかった、よかった」と言いつづけていました。

私を「励まして」くれた女性教員はうつむいていました。私はこの先生にも頭を下げました。ある意味、この先生がいなかったら私は大学入試をここまでがんばらなかったと思ったからです。先生は立ち上がって私の手を握り「エラかったね。よくがんばったね」と言いました。うれしかったです。

数日後に上京するという日、最後の荷物を取りに学校に行きました。そして進学部にあいさつに行くと、M先生が三〇センチほどの細長い包みを渡そうとしました。

「私の妻が、おまえとのことを話したら、どうしてもこれを渡してくれと言って……」

迷っていた私にH先生が、

「いただいておけ。M先生も奥さんもうれしかったんだよ」

と言いました。「ありがとうございます」と言って、家に帰り、あけてみると、細長いクリスタルの透明な花びんでした。キラキラ光って、とても美しいものでした。私はそのまま包みなおして、上京用の荷物の中に入れました。

私にとってこの上京は大学進学のための「下宿生活」ではありませんでした。私には家を出ることでした。だから、心から大切なものは残さないと決心していました。その荷物の中に、先生ご夫妻からいただいた花びんを入れました。父にも母にも言わず、私はこの家から出られることを喜び、大学受験の悲喜こもごもは親よりも教員たちと共有しました。今はあまり考えられないことのようですから、わざわざ書きました。こんなこと書いたのは初めてです。家庭で恵まれなくても、学校で救われた私のような人間は、この時代けっこうたくさんいたのです。高知市というとき、住んでいた家は思い出さないのですが、学校と、いつもいっしょに油絵を描いていた友人の家は思い出します。

こうして上京したのですが、そこではまた個人としての苦しみが待っていました。

第四章　価値観を定める苦悩

——二ヵ月間ひきこもり　一九六〇年代

つまらなかった大学生活

人前で話したとき、書いたものを読んでくれたとき、「青木さんはいつもブレませんね」と言ってくれる人がいます。最大のほめことばとは思いつつ、「やっぱ頑固なのかな？同じことばっかり言ってるせいかな？」などとひねくれてとる私もいます。素直に今は、価値観を定めたからだろうと思っています。というより価値観を定めるというほど大げさなことではなく、単に生きていく上での優先順位を決めたということです。そこから比較的迷わず「選択」はできました。

かんじんの、「人間に、あるいは私に生きる価値はあるのか？」という問いにはいつもグラグラ、ブレてばかりですから、迷いばかりです。しかし就職とか結婚とか子育てとか、人生の選択のときは、ほとんど迷いませんでした。これを自信というなら自信ですが、生きることへの迷いは年々深くなりますので、決して自信に満ちて生きているというわけではありません。

なぜ、人生の「選択」のとき迷いが少なくなったのか、それは一九歳のとき、私は大学に入ったばかりでしたが、一年二ヵ月ほどの間、ひきこもり、悩み、考え、読み、また悩み、自殺願望をいつも隣に置きながら生きる時間をすごしたからです。

一九六五年（昭和四〇）、私は大学に入学しました。今のように偏差値も知らない、子どものときからの塾も行かない、高校三年生になってから始めた受験勉強でした。当時、受験競争は激化しつつありましたが、今と決定的に違うのは、幼いときからおけいこごとに通い、学習塾に行かなければ入れないということがなかったことです。

これは子どもの成長にとって重大な違いです。子どもには二歳なら二歳の、一〇歳なら一〇歳の、一五歳なら一五歳の、かけがえのない時間が流れています。その一つひとつをおとなは大切にし、保障してやらなければならないと、私は思います。一八歳で入るはずの大学のために、一五歳の時代も一〇歳の時代も二歳の時代も（現代では生後八ヵ月という大切な時代すらも）犠牲にして育てようとするから、子どもはその節目毎に悲鳴をあげたり、どなったり、暴れたりするのです。それは子どもの「助けてくれ」という声だと私は思っています。子どもはゆっくりと、その「時代」を体験してから次の「時代」へ行くことができるのに、いつもその先のことばかり要求されて、自信を失っていきます。

私はその点ではラッキーな時代に生まれ育ったと思っています。私のような生い立ちの人間が「今」という時代に育つとしたら、どんなことになったのか。おそらくいつも興奮して、いつもイライラして自己嫌悪と怒りを心の中にためて、いつか社会（家庭）に復讐してやろうと思ったことでしょう。二〇〇八年（平成二〇）の秋葉原の事件を思います。

大学に入って半年ほどで学校は学生の手で封鎖されたことは先述しました。ノンポリ学生であった私は、学校に行く回数が減りました。もともと大学にはまじめに行ってなかったうえに、友人関係でもしんどい思いをすでに体験していました。大学に入って、私は、女子校から来た学生が多いことにびっくりしましたが、この人たちから信じられない吊るしあげをくったりしたのです。彼女たちはクラスのある男子学生を「生理的にきらい」と言い始めました。「生理的嫌悪」と言っていました。その男子学生とは口を利かないのです。それが女子校特有のものと決めつけるわけにはいかないのですが、共学校からきた私には、男子学生に対する必要以上の緊張が、女子校から来た人たちにはあるように思えました。

私は「バカみたい」と思いました。私はその男子学生と親しいわけじゃないのでそうしゃべることはなかったのですが、朝はおはよう、帰りはサヨナラと、あいさつはしておりました。誰とでもしていたことです。

ある日私は三人の女子学生から「生協の裏」に呼び出されました。何だろうと思って歩きながら、そういえば高校のとき、学校で一番ブイブイいわせていた〝不良〟に、トイレの裏に来いと言われたことがあったな、行ったら、やっぱりトイレの裏は臭かったけど、ちょっと口論しただけで何もなかったな、大学に入ればトイレじゃなく生協の裏か、臭くないだけマシか、など考えていました。

　彼女たちは私に「忠告します」と言いました。「忠告」なんてしたこともないし、されることも私は初体験でした。そして私のことを「八方美人だ」と言うのです。誰にでもいい顔してる、おかしいと言うのです。全く身に覚えのないことだし、非難の真意がわかりません。

「どういうこと?」

と問うと、どうやら彼女たちが生理的嫌悪を感じている男子学生に、私があいさつすることが気にくわないらしいのです。

「あんな人、無視すべきでしょ」

とひとりが言いました。私は言いました。

「人のことをきらいと思うことはあっても生理的嫌悪なんて言い方はしたことない。きらいな人はいるけど、話はするよ。そのうえ、自分たちが嫌悪する人をいっしょに嫌悪しろなんて、私、意味がわからない。私は同じクラスになった人だったら誰とでもあいさつぐらいはする。あなたたちの方がよっぽど嫌悪に値するよ」

別のひとりが「もう、やめよう。私たち、すごくみっともない」と言い、「ごめんなさいね」と言って、三人は去っていきました。私は「バカみたい。高校の〝不良〟以下だわ」と思いました。しかしその後もこの女子校から来た三人とも話したり、あいさつはしていました。あまりにも幼い、大学生にもなって幼すぎる青春の一頁でした。今思えば彼女たちは私よりずっとお嬢様育ちだったというだけのことです。私は幼いときからまわりに気をつかい、自分を卑下して生きてきましたので、それを「八方美人」と言われるとても心が痛みました。その相手の痛みもわからないなんて、はっきり言って、お嬢様、お坊ちゃまとはつきあえないと思いました。

要するに、大学はつまらなかったのです。文学史に名を残す有名な学者がいっぱいいる授業でしたが、つまらないのです。酒を呑めない私は当時コンパなどといっていた飲み会にも行きません。大学は封鎖されました。時々行われるクラス討論には出ましたが、これまたつまらない。高校でやっていた高生連の連中の方が、生活を担って議論していました。大学に自家用車で来る学生（もいました）が「貧しい人のため」なんて、何を言うか！ というのが、私のホンネでした。

それでも大学に抗議し、デモをする学生の方を、何もしないで外から論評している学生や教授よりも信じました。基本のところで、エコと同じ、生活に余裕のある人の運動だと思ってはいましたが、主張しない人よりはする人の方が信用できます。だから、そういう方向でがんばる人を絶対に非難しないと決めています。私より前の世代の人はよくお互いに「批判」をします。「批判」しあってこそ、より真実に近づくし、目的に近づけるなどの言い方をします。しかし上に向かっての批判ではなくお互いの「批判」は、大半は「批判」しあってつぶれてしまうのです。「批判」はかんたんなことではないと私は思います。何より、「批判」と「非難」も区別できない人が多いのです。

また「批判」しあって真実に近づくとはどういうことを言うのでしょう。その場合の目的とは何を言うのでしょう。たいていはわかった風な人たちの、自己満足で終わっているのではないですか。例えば大学の自治を掲げて闘うことは、そういう声をあげなければそこに「学の独立」の問題があることさえ知らない人が多い世の中です。声をあげることは、だからとても大切です。それが上に向かっての「批判」です。うまくいかなくてそのときは敗れても、くり返し、くり返し言っていけばいいのです。発言してもうまくいかないことを、しない人が「批判」するならそれは「批判」ではなく「言いがかり」です。さらに発言してがんばったけれど、一回敗れたから〝挫折〟なんていうのもやめた方がいいと私は思っています。

「貧しい人、弱い立場の人」のために闘うことに終わりはないはずです。学生時代だけ闘えばいいというものでもないはずです。大学の封鎖は当時の私にとって、デモに行くか行かないかではなく、私はこれからどう生きるかを問うことでした。活動する学生としゃべっていて、今、参加しない君はおかしい、プチブル根性だ（何となつかしいことば！）、とどなられたりしました。私は「あなたが三〇歳になっても、そういうところで働いているなら信用するけどね」と言いました。彼は卒業後一流といわれる会社に入って、次々と出世していきました。でも、学生時代、闘った彼を、私は、いい人だったなぐらいには思っています。できるときに何もしない人よりはマシです。

私にとって時代が入って来ない、そんな状態でした。というより、私の方が時代の空気を拒否している、いわば、かんたんには乗れないという思いでした。その頃、どんなことばをくり返されても、貧しさ故に大学を諦めた友だち、障害を理由に高校に行かれなかった中学のクラスメイト、そして何よりも、なぜ私や兄や妹は女だから、子どもだからというだけで父から殴られなければならなかったのか、そういうことの方が大切でした。

大学一年で受けた哲学の授業が、私に影響を与えたと今は思っています。「私とは何か？　人間とは何か？」が重大なテーマになっていきました。何ともまっすぐな、よく言えば純粋・きまじめ、悪く言えばあまりにもシンプルな自分が見えてきて恥ずかしくなります。その後五〇年近くたって、やっぱり思えるのは、この部分はちっとも変わらなかった、私の愚かさでもあり、良さでもあるのだということです。笑ってしまうほどのきまじめさと言えばいいのでしょうか。

文学部でも、国文学科ではなく哲学科に行けばよかったかなと、当時ちらっと考えました。しかし、いま言えることは、哲学することと、哲学を学科として習うこととは全くといっていいほど別のことです。私は文学が好きで国文科に入ったのに、「〇〇大学の△△先生は、この格助詞の意味は……と言っている」などということを研究することは、あくびの出ることでした。文学をむしろきらいになる授業がありました。だからもしあのとき哲学科に入って「〇〇時代の△△の存在意義は三百年後の……にとって大きい」なんて授業を受けていたら、そしてそのことでテストを受けるために暗記に時間をとられていたら、哲学をきらいになっていたと思われます。大学でのカリキュラムと、自分が身体ごと「学ぶ」こととの間には、大きな矛盾があることを大学で知りました。そのこと自体が私が大学で得た、大事な学問の始まりでした。

そうなるとひとりで考えなければなりません。幼いときから、自分の気分次第で子どもを殴る父親、そのなかで私なんかどうなってもいいと思いながら育ち、一方では勉強ができるとほめられ、人気者で生徒会長に選ばれても、それらのことがちっとも心を満たさない、むしろ虚しくなる、まわりに気をつかう自分が見えて、ますます自分がイヤになる、それが逆作用をして「えらぶらない」「きさく」とまた評価になっていく、そんな私、消えてしまいたい、そういう風に考えを進めていきました。高校の進学部の先生のひと言に、やってやろうじゃないのと燃えた時間も、過ぎてみればあっという間でした。目の前には自分で考えなければならない時間が、自分で結論を出さなければいけない自分の人生が、茫々と広がっている気分でした。

何より大切なものは「やさしさ」

私は小学校高学年から妙なクセをもっていました。例えばノートの表紙に自分の名前を書くとき、「宇宙、地球、アジア、日本、四国、高知県、高知市、○○町、△△小学校六年○組、女子、△番（出席番号）、国見悦」という風に書くのです。途中で新しいことを学ぶと、宇宙と地球の間に太陽系などということばが入ったり、アジアがユーラシア大陸と変わったりしました。なぜか、いつも、今ここにいる私個人を遠いところから特定するような書き方をするのです。結果として、最後に出てくる私の個人名は芥子粒《けしつぶ》のように認識されるようになっていました。

大学に入ってからは、家を出たつもり、しかし学校では友人もできない、孤独をくっきり感じとっていました。杉並区内の小さなアパート、四帖半のその部屋が私の全てでした。それをまたノートに書きました。「宇宙のはて、太陽系、地球、ユーラシアの東端、日本、関東、東京、杉並区○町△丁目□番地、ふとん屋の二階、国見悦」――。「はて」

とか「東端」とか「ふとん屋の二階」とか、そのときの私の〝はじっこ感覚〟が出ていることばがあります。「宇宙のはて」なんて、宇宙そのものもわからないのに、「はて」がわかるわけないのですが、そしてこの、宇宙っていったい何？　が、私の悩みの出発点になっていたのですが、わからない自分に気づきもしない無知な自分が見えてきます。

そうやってどんどん自分を小さなものとして考えつめていく日々が始まりました。「宇宙」というわからないものと自分を、頭の中だけで比較していくのですから、「自分」はどんどん小さくなっていきます。朝目がさめても起きる気がしません。何も食べたくない、このまま飢え死にするのもいいじゃないか、こんな私が死んだからって誰も悲しみはしないだろう、つまり、「宇宙」の中では私のことなんて生きていることも死んだこともわからないのではないか、そういう気持ちが胸いっぱいになって身体が動きません。トイレにだけは行くのですが、何も食べない、飲まないですから、行く回数も減っていきます。

一週間ぐらいつづきました。誰からも電話はかかってこないし、手紙もありません。郵便受けを見にいくこともしていないのです。電話は大家さん（ふとん屋さん）のとりつぎ、郵便受けは階段下ですから、動かなければならないのですが、体を動かした記憶がありません。「宇宙」はおろか、「地球」上の東京の、今は所属しているはずの大学の友人たち、田舎の母たちからさえも何の連絡もなかったということです。

ここで今その間のことを細かく表現していても、自分では、たいくつです。そのときの自分自身の一生懸命さは覚えていますが、それを誰かに語っても、当時、誰も興味を示してくれませんでしたし、何よりもそんなことゆっくり語り合える人も時間もありませんでした。ああ、誰も他人には無関心なんだ、それを「孤独」というのだなあと、実感しました。自分には「たいくつ」でも、それをとりあえず聞いてくれる人の存在の大きさを、はっきり認識しました。特に若い人にとって、子どもにとっては、うまく表現できるわけもないのだから、とりあえず聞かなければいけないのだと、後で感じました。

こんな状態で一〇日間ほどたってから、私はふと立ち上がり、ずいぶん前に買って冷蔵庫に入れていた牛乳を、おそらく消費期限は切れていたと思いますが、ひと口飲みました。そして水を飲みました。水分が自分の身体の中をすみずみまで満たしていく感覚があって、自分ののど、食道、胃、腸などが存在することが実感できました。そしてそのとき、この胃は私だけのために働く、私だけの胃なんだ、何とまあエライこと、そんな風に思ったのです。うまく書けませんが、独りだと思い、死んでしまえばいいと思っていたけど、心臓、肺、胃などは私のために動いている、これを死なせちゃいけないんじゃないか、そんな風に気がつきました。

この一〇日間ほど私は、自分の存在は意味がないと思いながら、人間の身体を全て頭の中で小さな小さな分子にまで分解しておりました。生物学者ではないのでちゃんとは表現できませんが、生はんかな知識のまま、臓器別に分け、それぞれの臓器を形作る分子にまで分け、目に見えないそういう小さな分子の集合体にすぎない人間の身体に、何の意味があるのか、と考えていたのです。風が吹けばフワッと飛んでしまう、そんな弱い個体じゃないか、ひとり消えたって……と考えていたのです。ところがひと口の水はこのバラバラの分子間をスルスルと流れ、そのことによって臓器はつながっている、それを実感しました。

私は起きて、近所に食料を買いに行きました。部屋を掃除しました。

翌日、渋谷まで出かけました。電車の中の陽ざしがチカチカと目に刺さったことは覚えています。

大型書店に入り、そのとき、その場で読みたいと思った本を手当たり次第、買いました。帰り途、重さでヒョロつきました。一〇日間ほど飲まず食わずで寝ていたのですから当然です。でも若かったのですね。一〇冊ほどの本をかかえて、部屋にこもりました。

ひたすら読みました。ドストエフスキーからニーチェ、当時の日本の作家のもの、ふだん、ちょっと読みたいけど時間がないなと思っていたものをここぞとばかり読みました。

その中に椎名麟三の『重き流れのなかに』、文庫本の『生きる意味』などもありました。一ヵ月分の生活費が消えてしまいましたが、何とかなると思っていました。そんな日々が二ヵ月ほどつづきました。

近所の風呂屋に行くと壁に駅前の本屋がアルバイト店員を募集しているというビラが貼ってありました。翌日訪ねるとすぐ採用になりました。本屋で働きながら、そのバイト料を全て本代にする日々が始まりました。

私は読んだ本を全て取っておくタイプではありません。よほど影響を受けた本以外は売ったり誰かにやったり田舎に送ったりしました。図書館で借りて読むのは好きではありませんでした。汚してはいけないし、期限があるから、好きなときに読みたいわがままの私は気をつかうのです。もちろんスペースさえあれば、読んだ本は置いておいたと思いますが、本は当時の私にはパンのようなものでした。食料品、つまり考えるためにバリバリと食べるといえばいいのか、知識欲を満たすというよりは食欲を満たすためのものでした。

初めの「閉じこもった」二ヵ月、それから本ばかり読む一年間、学校には手続きのときしか行かず、単位は落とし
っ放しでした。卒業しなくてもよかったのです。しかし好きな哲学や社会学などは、出席もとりませんし、論文提出か、「〇〇について論ぜよ」といっ

たテストで受けて、単位をとりました。専門の国文学の科目の方がなかなか困難でしたが、放っときました。かなり好きなようにやっていたことが、こうして書いていてわかります。また、それで卒業もできたのです。

一九九〇年代に息子が大学に通ったときいろいろ知ることがあって、私は目が点になりました。①大学から親に通信簿が送られてくること、②「不登校を考える親の会」がある大学もあること、③何日も登校しない学生を大学側が訪ねてくることもあること ④それらの「ケア」を売りにして学生募集をしている大学もあること、などです。大学がいかに変化したか、思い知らされました。自分の大学生の頃が今から見るとどんなに「信じられない」時代（息子のことば）だったか、いろいろ考えさせられました。

私は、そうやってひとりで考えました。いわば、大学はひとりで考え、ひとりで悩む場でした。そうでなければあまり意味のない年月だったと思います。当時もいつ死んでもいいやという思いが強かったので、それなら好きなことを精いっぱいやろうと思ったのだと思います。そして、途中のウザイ説明はぬかして言いますと、もし生きるのなら、生きると決めたのなら、人の世の価値は「やさしさ」しかないという結論を得ました。学歴も金も出自も能力も感性も、一切関係ない、他の人に「やさしい」、人間という存在に対して「やさしさ」を持った人、その人を一番価値のある人として生きる、そう思いました。

芥子粒のような、砂より小さな分子の集合体である人間、そして物、歴史、それならいつ大風が吹いて、いつ大火が起きて消される、飛ばされるかもしれない、このはかない弱い存在は、その弱さにおいてみんな同じなのだと思いました。

だったら、その弱い者同士が殺し合うのはやめよう、それが強い反戦の意志になりました。だったら、その弱い者同士がいわれのない差別やいじめをするのはやめよう、それが反差別、人権大切の意志になりました。もちろん学歴のあること、金のあることはその人の性格、生活の一部であって、それだけで意味を持つものではないと、ハラの底から思うことができました。逆に学歴や金を持ったがために、あるいは持つための努力のなかで「やさしさ」を削りとられている人に山ほど出会ってきましたが。

こう思ったとき視界が開けました。私の基準に合わない人には、無理に合わせなくてもいいと、ハラをくくることができたので、恐い者、恐い所がなくなっていったのです。その後何年もたって、世間で言うエライ人とたくさん会いましたが、私が心からエライと思った人はそうたくさんはいませんでした。むしろ世間でいうエライ人は、私から見れば弱い人に見えました。そのエライ地位を維持するために汲々としていたり、その地位に到着するまでに心を削り落としていたりでした。

その後、父と母の相次ぐ大病、そのための休学などいろいろありました。当時、大学の一年間の授業料は五万円でした。アルバイトで二万円ぐらいは稼げました。入院している父や母のことで高知に帰ったり上京したり、バイトしたり、学校には最終的には卒論だけ残して、行かなくなっておりました。母の強い希望で休学届けを出して、年間授業料だけは払っておりました。

本屋さん、喫茶店、法律事務所、テレビ局の下請けの手紙整理など、いろいろなところで働きました。その間に高知に帰ることもありますので長く続けることはできませんでした。しかしこれらの仕事のなかで、私は自分が一九歳のとき得た確信を試す、あるいは実験することができました。社長、所長、経営者、そのまた上の仕事をおろしてくれる人などを見ました。いつも心の中で、この人は「やさしい」かどうかで判断しました。自分より立場が下という人への対応で、それはすぐわかりました。そして、ほんとうに仕事のできる人は、自分を助けてくれる人たちに対してとても腰が低い、それも形だけではなくて、そういう人への想像力のある人が多いと感じていきました。

まわりの人たちが「立派」と言っているエライ人がいました。私は、私を面接したときのその人の態度から、クダラナイ人と思っていました。そのエライ人は私に「なぜ大学にまで行きながら、こんな仕事をするのですか?」と問うたからです。「こんな仕事」ということばに、その人の全てを感じとってしまう、決して誰にでも勧められる方法ではありませんが、私は当時そういう方法で人とつきあって、仕事をし、生活していました。

幼いときから自信が持てなくて、誰もが私よりエラく思えて、誰の言うことも信じてしまう自分を知って、極端に今度は、危険から離れるようになったのかもしれないと考えたこともありました。そういう自信のなさがまたここで「誰にでも勧められる方法ではありませんが」と言わせてしまうのです。

しかし基本的には、その辺りではもう迷わなくなっていました。すぐ口に出したり顔に出したりはしませんでした（と思っています）。その辺の技術は幼いときから身につけています。こういうことを「苦労したから身についたのですね」と、まるで良いことのように言ってくれる人もいますが、こんな技術は幼いときから身につけない方がいいと、私は思います。幼いときはのびのび育って、社会（学校も含む）に出てもまれて、そしてこの技術を身につけるのとは、本人の苦しみの度合いがちがいます。幼い頃のびのび育った人は、その後の困難にも、少なくとも私よりは堂々とぶつかっているように見えます。何より自分の幼い日々を「幸せな思い出」として持つことができるのですから、うらやましいです。

こうして、頭の中だけの理解ですが、人間も他の動物も植物も、生命あるもの全てを分解して分子にまでしてしまったとき、それぞれの分子の微妙な結合のすごさと同時にもろさもわかった気になりました。そしてこのもろさを知れば知るほど、別の表現をすれば地球という存在そのものが一つの奇跡であると知れば知るほど、その地球が持つ条件が一つでも欠けていれば私たちは存在しないことを知り、それ自体が奇跡であること、ガラス細工よりももろい集合体であることを知って、真実、一つひとつの生命がいとおしいと思いました。私もその一つのもろい生命だと思いました。助けてもらわなければ生きられない存在です。助けてくれる人、心からこのもろさを感じている人、そういう人に勝る人間は存在しないのだと、「わかった」のです。「わかった」というより、これは一九歳の私の、そのときの「覚悟」なのです。ここを基準に生きると思いました。実際はこの基準の判断がわからなくなってブレまくることもありました。

具体的に表現しますと、物理的な体力を持たない老人が、体力のある若者にいじめられていたりするできごとに出会います。まずは、その暴力を止めに入ります。そして話を聴いていくと、実はその力のない老人が大変なお金持ちで、体力はあるけれどお金のない若者を別な意味で追いつめているという事実があります。こんなとき、強いのはどちらになるのか、それを考えつづける数十年だったと思います。

人間には個人としての力と、社会的な力とあります。それらが複雑にからみあうとき、強弱という単純な基準そのものが揺れてしまうのです。実際の仕事、生活はそれの連続でした。そこでいつも悩み、踏みとどまり、頭を抱えたり、ハラをくくったりして生きてきました。いま思うと、そのどちらにも入りこまない、どちらが弱い立場かさぐるという考え方が私の物書きとしてのとても弱い客観性だったのかもしれません。客観的であろうとすることは、実際には迷うこと、苦しむことでした。しかしその迷うこと、苦しむことを避けたら、ものを書いていくことはできないというのもありました。書くことは悩みを深くすることでした。同時に、私の生きる全てでもあったのです。

こうして私は、仕事の上では悩みばかりでしたが、人とのつきあいに悩むことは少なくなっていきました。一九歳のときに出した結論は、「私は私」ということだったのですが、そのときはわかりませんでした。その後も「私」をちゃんと生きられた自信はありませんが、他との比較ではない「私」に向かって生き始めたことは、結果としてよかったと思っています。

この「やさしさ」のみの基準で「選んだ」のが夫でした。そしてその後の子育てにもこの基準は適用してきました。今、大震災や福島第一原子力発電所の事故が起きてからこのことを考えると、ちょっとオーバーに言えば、私が特に息子の教育に対してとった選択は、その時代の流れに逆流するものでした。何よりも息子に苦労をかけたと思います。でも後悔はしていません。理学療法士として、東北の被災地の避難所に行くかもしれないと言う息子を、私は、ちょっと誇りにすら思っています。

夫と出会ったのは一九七五年（昭和五〇）、「朝日中学生新聞」が創刊されたときです。創刊に当たって新規の記者採用があり、二八歳の私は応募しました。そこに既に社員として居たのが二四歳の夫でした。年齢は下ですが、職場では先輩でした。

ふたりで新しい紙面を任されました。体育会系の夫の歩くスピード、階段をかけ上がるスピードについていけず、私はいつも遅れました。しかしスピードを競う新聞でもなかったし、もうひとりのなかまと、取材の帰りなど冗談ばっかり言って歩いているうちに、夫の方がスピードダウンしました。もうひとりのなかまのY君は英文科卒でした。ふたりで山手線の駅名を一つひとつ英語で言えばどうなるか？　なんて考えながら歩きました。「新橋」はニュー・ブリッジ、「銀座」はシルバー・シート、それだけでもう三人で笑いころげてしまいます。「神田」はゴッド・フィールド、「御徒町」はファニー・シティー、「上野」はアッパー・フィールド、「新宿」はニュー・ホテルいやニュー・インなど、ただおもしろくて笑いました。私が早稲田出身ということを知っていて、「高田馬場」はハイ・フィールド・グランドマザー、つまり「高田の婆あ」、と言うので怒ったり、まるで学生時代のような仕事ぶりで、編集長からは「まじめにやれ」と怒られましたが、楽しいつきあいでした。

その夫と結婚するについて、私のなかに迷いはありませんでした。「スポ根」ということばが大きらいな私と体育会系の夫、ハンサムでもない、東大卒ほどの学歴もない（彼はいつも「大学は野球で入った」と言ってましたが、甲子園に行ったわけでもない、つまりスターでもなかった）、また、月末になるとしょっちゅう編集長に借金していました。お金のない人だと思っていました。

一九八〇年代、マスコミにおもしろ半分にとりあげられていたことばに「三高」というのがあります。夫にしたい人の三つの条件を「高収入、高学歴、高身長」だというのです。その昔（一九六〇年頃）、「家つきカーつきババア抜き」が結婚の条件として、やはりおもしろ半分にとりあげられたりしたのですが、それと同じように「三高」がいわれました。

私の夫は、この条件を全てにおいて満たしていません。大卒ではあるし、身長も私よりは高いし、彼個人は貧乏でも実家はそうでもなかったのですが、私は「三高」なんて人を判断する基準として考えたことはありません。ただやさしい、体育会系の割には給与のことで社長に直談判したり（体育会系だからできた？）、女性に生理休暇をなぜ取らないんだ、せっかく勝ちとった権利じゃないかと言ったり、労働組合を作ったり、イメージとは違う行動をとっておりました。上からの理不尽な命令には身体の方が先に反応するという、ちょっと単純すぎる、昔のヤクザみたいな人でした。そこがまた、上から何か言われると反射的に反応してしまう私との共通点でもありました。

他の価値観は、私にはありませんでした。収入はふたりで働いて食べていかれたらそれでいい、学歴はその人間を全く意味づけない、身長なんてどうでもいい、というのが今まで変わらぬ私の意志です。だから、迷うことなくいっしょに生活し始めました。

夫とのことは何とでもなると思っていました。自分が仕事をして生きていくのが前提ですから、いっしょに暮らしてみてダメなら別れればいいとお互いに思っていました。夫はまだ二四歳でした。私もまだ二八歳でした。若いのだから、いつでもやり直せばいい、決定的なものなんて何もないのだから、と思っていました。

しかし子どもに対してはそうはいきません。ダメなら別れればいいというものではもちろんありませんし、子どもができて、私がフルで働くことがとても苦労になってきたとき、私が仕事していれば夫と別れてもいいという前提は、つらいものになりました。私の場合、その上に自分の親の問題も抱えていました。現実には夫にも友人にも、いろいろな人に助けられて来たのですが、当時は、自分の力で何とでもなると思っていたのですから、甘いです。子どもという存在ができて初めて、にっちもさっちもいかない現実もあることを、はっきりと知りました。

かといって、子どものために全てをガマンして夫に従うなんてことは考えられません。何とかして夫にも子育てをしてもらって、私も仕事を、そんな風にギリギリと生きてきたように思います。

その生き方そのものが良かったか悪かったかなんて考えても仕方のないことです。それしか生きられない私だったということです。ただ、そのなかで子どもの社会環境は大きく変化していました。その節目毎に、自分の一九歳のときの悩みを思い出す、つまり原点を確認することが必要でした。その意味では揺れながら生きてきたのです。思い出す原点を持っていたことだけが幸運だったのかと思うだけです。

子どもが小学校に入った頃、まわりの大半の子どもたちは学習塾、スイミングスクールなどのおけいこごとに行っていました。私は、今という時代はこの子にとって二度とない時代だと思っていたので、どこにも行かせませんでした。子ども自身も行きたいとも言わないので放っておいたのですが、これがけっこうプレッシャーなのです。

どういうプレッシャーかというと、「塾は行かせない」と言うと、「それは出来るお子さんだから言えるんです」と反論されました。息子は事実、小学校時代はそこそこ要領よく成績をとる子でした。これはどこまでも要領であって、そのことが学問と結びつくものではないことは先述しました。そういう反論にいちいち応えることがめんどうくさくなっていきました。いちいち応える必要もないことと思っていたのですが、それはとてもエラそうなことに映っていたと、後で当時の同級生の親が教えてくれました。つらかったです。でも仕方のないことでもありました。

また、みんながそういうところに行っているなかで、うちの息子には〝お友だち〟がいないのです。それもプレッシャーでした。昔とはちがうんだ、なかよしといっしょに行くところなら何かやらせてもいいのかしら？　などと悩みました。そして「原点」に問い合わせてみると、

「なかよしなんて、学習塾などの競争の場では育ちにくい。小学校時代のお友だちなんて、本当はみんなケンカ友だちだ。ごくまれにここで生涯の親友に出会うこともあるけれど、また、楽しく遊んだ記憶は残るだろうけれど、学校以外にさらに自分より上か下かと確認するような場に子どもを行かせるな」

という声が聞こえます。

子どもの学校での勉強が遅れるのでは？　と迷ったときも、また「原点」に電話です。

「学校の勉強は学問とはちがう、手段にすぎないと自分で言ってたじゃないか。むしろその手段の危険なところは点数のみで人間を判断してしまう人間になるところだろう。あんたの息子は、どちらかというと夫似の体育会系。そういう子どもに勝ち・負けだけの価

値観を与えたらどうなる？　勝つ人は強い人、負ける人は弱い人、そう思ってしまうよ。あんたの息子は、こう言っちゃなんだけど、深くものごとを考えるタイプじゃない。つまり学問には向かないよ。だとしたら、強い弱いとか勝ち負けのみの価値観の世界からは、むしろ守ってやらなきゃあ。そこそこ要領はいいけど、だからこそあんたが、この子、きたえたら東大に入れるんじゃないかとバカげたことを考えるのが恐いんだ。そんなことしてみな、あんたの息子なんて都心の高層ビルに住んで、高級車乗りまわして、汗して働くことより、汗して働いた人の金を利用して生きる人間になってしまうよ」

という答えが返ってきます。ナルホドと、ひとりで合点して、初めの方針を貫きました。

私の「原点」はいつも、同じ視点で答えをくれました。だから何とか迷うことを少なくできたのです。全くブレないなんてはずはありません。いつもブレて、悩んで、考えて、子どもに何を伝えられるか、そう生きてきました。学歴と金にのみ目標を置く時代に、それはそれでつらいこともありましたが、子どもを「守る」ことのなかには、時代の要請から「守る」ことも含まれていました。時代の要請は変化する、しかし人は変化してはいけない部分を持っていると思います。勉強ができる子が「専門家」になったとき、何のための、誰のための「専門家」なのかを見失っていることが多くあります。今回の震災はそれを実にはっきりと見せてくれました。

研究費のため、あるいは生活のためと理由づけて、原子力発電の危険性に目をつぶり、自分は事故の影響の少ないところに住むことができて、事故後反省するでもなく、対応に苦労している人たちを批判する――そういう人をやさしくない人というのでしょう。本当に非人道的という人々を、政治家にも学者にもマスメディアの人たちにも、いっぱい見せられました。「生きる」ことの現場を、今回の震災はパックリと見せてくれたと思います。

第五章　自分を見つけるゆりかご

——四万十川の四季　一九五〇年代末

ホームレス襲撃事件と「自然」

一九八三年（昭和五八）、横浜市で、中学生を含む少年たち数十人がホームレスを襲撃し、殺してしまった事件が明るみに出ました。逮捕、補導されたのは一〇人でしたが、後になって、長年にわたりこの地域の少年たちの「ゲーム」になっていたこと、少年だけでなくおとなたちもホームレスに酒をふりかけたり、ダンボールに火をつけたりして「遊んで」いたことなどが明らかになりました。

私は当時、横浜市に引っ越したばかりでしたが、この事件に足元がふるえるような衝撃を受けました。逮捕された少年たちが「遊んだだけだ」と言い、「地下街を掃除してやっただけ」と言ったと報道されました。家庭環境、学校のこと、いろいろとりあげられました。しかしこの事件を起こした少年たちだけでなく、日常的にホームレス襲撃が行われていたことも考えれば、個々の家庭環境などを追ったって、それはとても多様で、いろいろな状況が見えてきて、一つに原因を絞ることは難しくなっていきます。というより、無意味になっていきます。

この事件は、私にとって、子どもの現状への関心の第一歩となる、その後の私の仕事の基礎になるものでした。本（160頁参照）も書きましたので、事件に関心のある人はまた読んでみてください。この年に生まれた人がもう三〇歳ぐらいになるのですから、月日のたつ早さにびっくりします。

私の衝撃は、少年たちのひとりが言ったということば、「人を襲うことはおもしろかった」にありました。事件が明るみに出た後、直接会うことのできた一〇人の少年のうちのひとりは、「人を殺したってこと、どう思う?」という問いに、目を空中に迷わせて、「わかんない」と言いました。虚ろな表情でした。この少年は、「おもしろかった」と表現はしませんでしたが、しかし、「遊び」でやったことの結果を理解しかねて途方にくれている風でした。

私はその取材を通して、人が人を襲うことがゲームになっていることに、とにかく驚いたのです。ゲーム、遊び、おもしろいこと、それらの感覚と、人間を襲うことは、私にとっては対極にあるはずでした。もちろんナチスの連中がユダヤ人を虐殺する行為のなかに、密やかな喜びを感じていた人がいることなど、学んではいました。父がカッとなって私を殴るとき、それで気分がスッとするらしいことも気づいていました。暴力の根に関する本をたくさん読み、追いつめられた人間、抑圧された人間がより弱い者に向かって暴力をふるう、そのことで自分を強いと一瞬思うことができる、それを喜びとしていることもあると、わかってはいました。ホームレスもまた、この〝弱い者〟に当たるのでしょう。そしてまた少年たちも抑圧され排除されてきたこともわかっていくのですが、あまりにも多くのおとなも少年も少女も、襲撃を「遊び」にしておりました。

これらのことを、ホームレスは「層」として襲われたのであって、臭いからでも汚いからでもない、現代を生きる人間が何に抑圧されているのか考えていかないと、こんな事件は後を絶たないと書きました。まちを美しくするためにホームレスを追い出したり、目に見えないところに追い込んだりしていては、子どもたちに、あの人たちは襲ってもいい人間だと思わせるだけだと書きました。

取材に歩くと、地下道のタイルはまっ白でピカピカで、すみっこにうずくまる人間はまっ黒でした。人間がゴミのように見え、まちは明るく美しく見える、そのことに私は心からびっくりしておりました。いつからこんなことになっていたのだろう？　いつから人間の方が汚く見えるようになっていたのだろう？　風呂に入っていなくても、そのために臭くても、人間は人間として当然、タイルやコンクリートの無機物とは違うはずでした。無条件に、有機物の方が大切にされるものと、私は信じていました。一九歳のとき、分子をつなぎあわせて生まれる有機物、花でも鳥でもライオンでも虎でも人間でも、その絶妙な組み合わせに感動して、無機物は有機物が作り出したものにすぎないのだからと、素朴に確信しました。そこのところでブレない原点を持った気になり、生命が何より大切にされる社会になればいいと思って生きていました。

明るい電気を得るために、美しい街並を維持するために原子力発電所が作られるといわれても、事故が起きたらその生命を壊すからと反対してきました。この横浜の取材で、ホームレスの人たちのなかに、かつて原子力発電所で働いていたことのある人もいました。身体をこわし、仕事もなくなり、家族もいないまま老いて、タイルレンガの上に横たわっておりました。福祉関係の人に相談して病院に入った人もいます。美しい、明るいまちを作る現場で働いた人が、その美しい、明るいまちにとって邪魔とされ、追い出され、病気になり、少年たちにすさまじい暴力を受けて、死んでいきました。

こんなこと、おかしい、ぜったいにおかしい、私は自分の原点を揺さぶられて、初めはオロオロと、途中からはまっすぐ恐れることなく、最後は哀しみを抱えて取材をしました。本末転倒が起きていると思いました。生命より大事にされるものがあると、けっこう多くの人が思い込まされている、そう思いました。自分の生命を維持するために必要なものの範囲が広がっていると考えました。「電気がなくなったらどうしたらいいかわからない」と言う若者もそのひとりです。美しいまちにホームレスが入ってくるとイメージがこわれる、出ていってくれと言う商店主もそのひとりです。酒を呑んで暴れるでもない、ただじっと地下街のすみっこにうずくまる人をよけて歩きながら、幼いわが子に「お勉強しないとあんな人になりますよ」と言ってしまう母親もそのひとりです。

そういう思いを、うまく表現できないまま本にまとめました。中学生向けに『「人間」をさがす旅』という本を出しました。タイトルは私の実感でした。そのまま出版社は了解してくれて、中身の割にはオーバーなタイトルのこの本はけっこう多くの人が読んでくれました。

大学教授でもない、大新聞の記者でもない、中身もふつうのことばでトロトロと書いてある、あらゆる意味で〝権威〟のない私の本を、ある大新聞の記者は「主婦の作文」と言いました。一生忘れられないことばです。既に記者として仕事もしていたのですから「主婦」ではないのに、文が拙いことは仕方ないですが、ここまで面と向かって言えるのかとびっくりしました。「主婦」も「作文」も一段下のものとして見られていると思いました。働いている男が上で「主婦」は下、論文が上で「作文」は下、そういう感覚があるのでしょう。どこかのエライ学者が書いてその人が男だったりしたらぜったいに言わなかったでしょう。この人には、ずっと仕返しを狙って生きてきました。執念深いなと思います。

一昨年（二〇〇九年）亡くなられた大阪在住の鈴木祥蔵さんが小さな雑誌に、この私の初めての本を書評として取り上げてくれました。そういう私の本を、鈴木さんはとても評価してくれました。記者としてどうとか、文章がどうとかは一切ない書評でした。ただ一点、この事件に衝撃を受けた、その私の感情をすばらしいと言ってくれました。この事件に強い驚きを感じる、そのことが人間として大切だと言ってくれました。この事件は、そういう性質の事件だと。そして「この筆者はおそらく、豊かな自然の中で育った人にちがいない」と書いてありました。

その一行を読んで私はハッとしました。そうか、そういうことか、理屈ではないのだ、私は人間が「おもしろ半分」に殺されることにただただ驚いただけだったが、その驚くこと、それ自体が大切なことだったのだ、そう気がつきました。書評の方が書いた人のことを見抜き、逆に教えられることがあることはたくさんの例で知っていましたが、まさに私はその立場でした。事件の原因は？　とか根っこは？　とか、社会的背景とか、そういうことを難しいことばで論じた方が〝権威〟的ではあるのでしょう。しかし鈴木さんのことばで、私はこの事件の本質をつかんだ気になりました。私たちの社会が、人間とか生きものの方を排除するものになってしまっていることを示した事件だったということです。

難しく言えばきっと人間疎外とかいろいろあるのでしょうが、私は、このことを現場から感じたもののうまく表現できないまま、モタモタと書いていたのです。しかし私は、ではなぜ人間疎外にこれほど強く怒り、動くことができたのか、そこまで考えてはいませんでした。それを鈴木さんは「豊かな自然の中で育った」からと言いました。そう、私は、家庭は幸せではありませんでしたが、豊かということばだけでは足りないほど豊かな自然の中で育ちました。それが、どんな力を与えてくれたのか、今、初めて書いてみます。

四万十の春――春は川原を走れない

福島の春は一斉に花が咲くと先述しましたが、桜、リンゴ、桃、菜の花などが一斉に咲くということは、その前の季節、冬が長い、厳しいということでもあります。事実、福島では一一月頃から少なくとも三月初めまでは、庭や畑で何か作業するということはありません。雪は会津地方ほどは降りませんが、それでも毎年二〇～三〇センチは積もりますし、冬はほとんど毎日のように雪が舞います。ドカッと雪が降った日の方が、吾妻おろしのなかを雪が舞う日より暖かいことも、福島に来るようになってから知りました。寒い季節が長いから、尚のこと一斉に花が咲く季節を待つ気持ちも強くなります。

四万十川近くでは、季節の移ろいはもっとゆるやかです。冬に雪はけっこう降りました。九歳で高知市に引っ越すのですが、高知市ではめったに雪は降りません。土佐湾の一番まん中で、暖かい所です。四万十市は足摺岬の近くで豊後水道が背中にあります。福岡などが意外に雪が降ることは知られていますが、そのとき、豊後水道に入った寒気は四万十市にも雪を降らせるのです。だから思ったより冬は寒い所ですが、凍るということはめったにありません。そこが北国の冬と決定的に違うところです。福島でひと冬とても寒い年があって、二、三〇センチのつららを見たとき、私はびっくりしました。目を丸くしてつららを見ている私を、夫が「何してるの？」という顔で見ておりました。

氷がほとんど見られない四万十市は、春は早いです。一月末にはもう菜の花が咲いたり、陽あたりのいい水たまりではオタマジャクシがユラユラしていたりしました。時々、早春の話題としてテレビでもとりあげられたりしています。

私にとって、四万十川の川原で最初に見る「春」はネコヤナギの芽でした。子どもの私の身長を越す枯れ草の中を川に向かって歩いていると、キラッ、キラッと光るものが目に飛びこんできます。あっ、ネコヤナギと私は小躍りします。大好きなのです。光る方に行くと思ったとおり、まだ枯れ木としか思えない白々とした柳の枝の先っぽに、銀白色の小さな芽がじっとしています。ああ、もう春なのだ——と思います。ワクワクします。

私は銀色が少し頭を出した新芽をじっと見つめます。ツンととんがって、青い空に向かって首を伸ばしているように見えます。よく見ると小鳥の羽のような小さな毛のようなものが密集しています。友だちがその芽をつまみ、ちぎって捨てました。私は、あ、そんなことしたらいかん、と言いました。友だちは、なんで？　と聞きました。うまく答えられないので黙って、ちぎり捨てられた芽を拾いました。そしてじっと見ると、友人につぶされた毛が、へこんでいました。その羽のような毛の一つひとつが生きていたんじゃないかと感じました。一つの固まりにしか見えないけれど、それらは小さな一つひとつの芽ではないか、そんなことをぼんやりと思うのですが、ことばにはできませんでした。

この新芽はもう地面から水をもらえないから死んでしまう、きっと思いもよらなかっただろう、途中でちぎられて……。私はその新芽を柳の根っこに置いて、先に行った友だちを追いかけました。追いかけながら、昨夜も父に殴られ、板の間に腰をぶっつけた、その腰の部分が少し痛い、私も、あの新芽の中の小さな毛のようなものかもしれない、そんなことを漠然と考えていたように思います。

川面までの道は二〇メートルほどです。その道（といっても洗濯に行く母たちが作ったケモノ道）の両側に、小さなみどりの芽がいっぱいです。もう少しするとこの中にフグリの花や土筆が見えてくる、もしかしたら土筆の頭ぐらいは出てるかな？　と座りこんでみどりの間をさがします。川に達して、もう水の中でサカナを追いかけている友だちが呼ぶ声がします。「エッちゃーん」。立ち上がると一瞬目がくらむほどのキラキラした陽の光が川の水に反射しています。

イヌフグリのうす青の小さな花が咲きつめ、その中に時折、菜の花、タンポポ、カラス

う、雑草とまとめられてしまう小さな花の名前を知りたくて、祖父母とかに聞きましたが、ちゃんとした答えが返ってきませんでした。数年後、小学校に入ってから私は図書室で植物図鑑をじっと見て、思い出した花と名前をくっつける作業をしました。高知市に転居していても、その花を図鑑で見つけると、川原と、川までの道と、キラキラ光る川面がいつもその花の背後に浮かびました。そして「春は、川原を走れない」と思ったことも、思い出しておりました。

ノエンドウ、私の好きなニワゼキショウなどで、川原がいっぱいになります。踏まないように歩こうとすると、ゆっくり、ゆっくり歩かなければなりません。「春は、川原を走れない」が、四万十の、私の春でした。

こういう、雑草とまとめられてしまう小さな花の名前を知りたくて、祖父母とかに聞きましたが、ちゃんとした答えが返ってきませんでした。数年後、小学校に入ってから私は図書室で植物図鑑をじっと見て、思い出した花と名前をくっつける作業をしました。高知市に転居していても、その花を図鑑で見つけると、川原と、川までの道と、キラキラ光る川面がいつもその花の背後に浮かびました。そして「春は、川原を走れない」と思ったことも、思い出しておりました。

春が進んでいくと、家の前の山にツツジが咲きます。ツツジにも種類がいろいろあって、濃いオレンジ色で咲きほこる二、三メートルにもなるヤマツツジは私たち子どもにとって〝貴重品〟でした。あまりたくさんはなかったのです。一番多かったのはうすいピンクの一、二メートルほどで繁り咲く、ふつうにツツジと呼んでいた花です。これはもうどこにでもあって、手折って持って帰って家の中のびんにいけたりしました。しかし家に持って帰るとすぐ枯れることに気づいて、折ることをやめました。山から時折下を見ると、田植え前の田んぼは一面のレンゲです。畑は菜の花です。

昨日はあのレンゲのまん中で首飾りやヘアバンドを作った、あのときベタッと座ったのはあのあたりか、花を踏みつけて悪かったなあ、そう思って見るともうその跡は一晩でわからなくなっていて、ホッとしました。レンゲも近づいてじっと見ると実に美しい花です。よくこんなに一つひとつの花の弁（どう言っていいかわからないのです）が作られてるなあ、それが集まって一つの花になって、それがまた田んぼいっぱいになって濃いピンクのじゅうたんになる、それはすごいことだなあと思っていました。

私が大学に入る一九六〇年代半ばの頃、東海道沿線からレンゲは姿を消していました。幼い頃見たレンゲは、田おこしが始まると田の栄養になるとして、春先に種がまかれたのだそうですが、高度経済成長まっしぐらの時代には、人工の化学肥料が便利だったのでしょう、レンゲは見えなくなっておりました。ところがその二〇年ほど後、八〇年代になって、仕事で東海道新幹線を利用すると、あちこちにレンゲ畑が復活していました。農薬を使いすぎたことへの反省からでしょうが、春先のレンゲ、田植え頃からの白鷺、秋のコスモス畑が復活していて、ほんとにうれしかったです。

初夏の頃になると、家の前の井戸端に、濃い紫色の、それはそれは美しいアヤメが一群、咲きました。祖父が大事にしていました。芽が出たとき、つぼみを見つけたとき、いつもうれしかったのですが、アヤメはやはり花が咲いたとき、一番心が動きました。その紫の濃さ、絵具やクレヨンでは出せないその色の美しさは神々しくさえありました。水を汲みにいって、花が咲いていることに気づいて、息をのんで、ボーっと見ていると、祖父が「悦は花が好きじゃのう」と言いました。その瞬間、瞬間はよく覚えています。

アヤメの上の方には、私たちがイクリと呼んでいたスモモが実をつけ始めています。幹は子どもの両手では届かない、大きな枝を広げたスモモの樹でした。家の裏には梅も実をつけています。これらの実が、私の兄たちには標的でした。よく熟れてから食べろと何度言われても、私より四、五歳上の兄たち、当時小学校五、六年生のグループは、青梅やスモモを取って食べてひどい下痢で寝込んだりを、毎年のようにくり返していました。私は兄たちに、「イクリをとるとき、アヤメを踏まんといて」と何度も頼みました。悪ガキたちでしたが、イクリの樹の下のアヤメや生姜の花、里芋の葉っぱなど踏みつけないように、気をつかってくれました。というより、自分たちがイクリの樹の下に集まると、すぐ飛び出てきてにらみつけて見張る妹が恐かったのでしょう。祖父に言いつけられるのも恐かったのでしょう。

アヤメが終わるともう四万十は一気に夏です。私はナスの花、カボチャの花など、野菜の花も大好きでした。エンドウの花なんか、東京に来ておとなになって花屋でスイートピーを買うと、これもいいけど畑で咲くエンドウの花、そのまわりを飛ぶモンシロチョウもいいなあと、いつも思い出しました。

初夏の頃もまた、私の好きな季節です。春先、初夏、晩夏、初秋、初冬、などなど、その季節を記憶するときというのはいつも、その季節の始まりと終わりです。季節のまっただ中というのは意外に覚えていないのです。

ミカンの花も大好きでした。柿の花も。どちらも一つひとつは小さくて、よく顔を近づけないとわからない、単なる白い粒にしか見えません。秋に黄色やオレンジで、重さをたたえ、おいしいものとして実るあの魅力的な果物が、花のときは何と地味で、かれんなことか、そう気がついたとき、落ちた小さな花ひとつがとても貴重なものに見えました。

春先のネコヤナギの芽といい、ミカン、柿の花といい、私は小さなものにいつも心を寄せていたように思います。その中に、蛍がいます。この季節、四万十川沿いの山のせまったこの集落には、どこということもなく、あちこちに蛍がポッ、ポッと、灯って揺れていました。子どもの頃には何の不思議もない光景で、兄たちも私たちも蛍を追ったり、つかまえてカゴに入れようとは全くしていませんでした。もっとも秋に群れ飛ぶたくさんのトンボ、私が心ひかれたのは八月に入るともう飛び始める赤トンボでしたが、それらも誰もつかまえようとはしていませんでした。蛍もトンボも、そこらにいっぱい存在する生きものでしたから、つかまえて、カゴに入れて持ち帰るという発想はなかったのだと思います。

こう書いてきてふと思ったのですが、蛍狩りとかトンボ釣りとかいうことばはあっても、蛍捕り、トンボ捕りとはあまり昔の人はいわなかったなあ、ということです。蛍狩りは、「狩り」とはいっていても、蛍を見にいくことではなかったのか、トンボ釣りも、たくさんのトンボを「捕る」ことではなく、雌のトンボで雄を釣るという、極めて悠長な方法だったのではないかなあということです。こうした生きものが身のまわりの自然の一部だったから、わざわざ「捕り」に行かなくてもよかった、それを真の豊かな自然というのではないかと思いました。

蛍はほんとにいっぱいいました。障子を開けて幼い妹とふたり、ほおづえついて、井戸のまわりや樹々の下でユラユラ、しかし時々はそれなりのスピードでヒョイ、ヒョイと動くほのかな、しかしまっ暗な中では力のある灯りを尾をつけて流す蛍を、じっと見つめていました。家の中に入ってくることもありましたが、すぐ逃がしました。家の中では死んでしまう、とても短い命の生き物だと知っていました。

アヤメ、ミカンの花、蛍、それらは一つのものとなって私の記憶の中にあります。色彩も、アヤメの花びらの弱さも、ミカンの花の淡い色だけど花びらの固さ、強さも、蛍の、虫としての固さと飛ぶときの灯りのはかなさも、みんな覚えています。みんな、美しいものでした。ほんとに美しい、けなげなものでした。

四万十の夏——夏は川原をつっ走れ

夏は、「川原をつっ走れ」です。もう五月の末ぐらいから兄たちは川で泳いでいました。梅雨の雨で増水することも多く、泳いではいけないと言われても、言われれば言われるほど兄たちは川に行きました。私たちチビ連中（小一ぐらい）も後を追います。さすがに増水した川は恐いので、この時期、広い川原のあちこちにできる水たまり、といっても深さはまん中で二、三メートル、直径は一〇メートルほどの大きな池ですが、ここで遊びました。この池は増水の度に水がいれかわるので古い池とか沼などのような濁った水ではありません。小さな子どもが遊ぶにはちょうどいい場所でした。

手ぬぐいや金網の魚とりでエビやメダカを捕ります。それを母が夜店で買ってくれたまっ赤なセルロイド製（プラスチックの一種だそうですがもっとフニャフニャしていました）のバケツに入れて、じっと眺めるのがとても楽しみでした。そして帰りは全部、また池に放して帰るのですが、このバケツをあるとき、兄にとり上げられました。兄たちは川原でたき火（これも禁じられていましたが）をしていて、その火の上にこのバケツを伏せました。その瞬間、火柱が一、二メートル上がって、バケツは瞬時に燃え崩れてしまいました。兄たちもびっくりして、さすがに顔色をなくしていましたが、チビっ子たちは大変です。まずまっ先に私が泣き出し、他の子たちもシクシクです。

兄たちが火の後始末をして、私たちに謝っているところへ祖父が来ました。たき火の場所は一〇メートルもの崖をのぼったところにあるわが家の真下でした。祖父は兄たちが火遊びしていることは気づいていたのでしょう。しかし枯草の季節でもないし、池のそばですから大目に見ていたのだと思います。そこへ突然のボッという音と火柱です。そして子どもたちの泣き声です。あわてて降りて来たのです。状況を知った祖父は怒りました。まず自分の孫である兄をつかまえようとしましたが、兄たちはクモの子を散らすように逃げ出していました。祖父は火の跡をさらにふみつけ、ボロボロになった私のバケツの残がいを拾い、チビたちをなぐさめながら帰りました。「また、今度の八幡《はちまん》さま（四万十市に伝わる古いお祭り。夜店など出て、とてもにぎやかでした）で買うちゃるけん」と言いました。その夜、兄はまた母からクドクドと叱られておりました。私がチクッたわけじゃありません。祖父が母に言ったのです。兄との間でここの事実関係がまだギクシャクしていますので、本当のことをここに書いておきます。

梅雨明けは、私たちは身体で感じ取りました。梅雨明け宣言なんて全くない時代でしたが、大雨が降って、翌日カーッと晴れて、川はまだ茶色の水だけれど、どんどんその茶色がうすくなって澄んでいく、それを峠からじっと汗をかきながら見つめる、それが梅雨明け、夏の始まりでした。「夏は川原をつっ走れ」ですが、明けたからすぐ泳げるわけではありません。だいたい二日間ほど待って、川が落ち着いたら、「つっ走れ」です。

この時期、朝から夕方まで川ですごしました。朝ごはんを食べたらまっすぐ川です。水着なんてシャレたものはないのでパンツ一丁です。川で泳いで、体が冷えたら、先述の池で休みます。池は朝からの強い陽ざしで暖まって、まるで温泉です。濁っていないので快適でした。しばらく暖まったらまた川に入ります。

ちなみに私は泳ぎを祖父から習いました。四万十川は当時から大河でしたが、私たちの住んでいた集落はもう河口に近い部分でした。向こう岸までは三百メートルもあってとても泳げません。まん中の前あたりからおとなでも当然背が届かないほど深いので、向こうに渡ってはいけないと母からしつこく言われていました。祖父の背中にまたがって、祖父はスルーっと川のまん中まで泳ぎます。まるで、その頃読んでいた絵本『いなばの白うさぎ』の、うさぎの気分でした。顔にあたる風も気持ちよく、得意満面というところです。

深い所に来て、とつぜん祖父はスーッと潜っていきます。祖父の肩につかまっていた私もそのまま水の中へ。そして妙に生ぐさい、独特の川のにおいのする水をガボガボと飲んでしまいます。思わず祖父の肩から手を放して水から顔を出し、ゲホゲホとむせながら、夢中で手足をバタバタさせます。再び沈みそうになると祖父が下からスーッとすくい上げてくれます。これをその日、数回くり返して、私は泳げるようになっていきました。もちろん水泳選手のようにスイスイではありませんが、小さな岩場から次の岩場まで、次にはあの川のまん中の白い石がいっぱいの中洲までと、少しずつ距離を伸ばしていきました。全部ひら泳ぎですが、祖父は「おぼれなければいい」と言って、それ以上に私の泳ぎを上達させようとはしませんでした。川のそばで、川と共に生きる子どもに最低限のことは伝える、そんな様子でした。

潜って、目を開けることができるようになると、川の中はまた、川原とはちがう、小さな生命あふれる別世界でした。当時の四万十川では鮎といっしょに子どもが泳いでいました。石から石へ、ツツーッと走る、地元でゴリと呼ぶ小魚もいっぱいいました。もちろん川エビ、ウナギ、小さなカメ、いろいろでした。

そんななかで育ったのに、私は鮎やゴリを食べることはできませんでした。鮎なんか、祖父や父がそのシーズンになると三〇センチにもなる大きなものをいっぱい釣って来て、いろりの煙が流れる場所にワラでしばってつるしていました。くんせいにしておいて、冬場、それをダシに大根を煮たり、芋を煮たりしました。みんなはおいしい、おいしいと言っていましたが、私は鮎のカオリがダメで、食べられませんでした。香魚ともいわれる鮎は、清流の、石の上にかすかにはえるコケを食べて「いい香り」になるのだそうですが、私はこの川のカオリがダメだったのです。ゴリも、この地方では生で食べたり、煮付けにしたりして〝名物〟になっていますが、私は今でも食べられません。鮎は、ずっとおとなになってから食べられるようになりましたが。

川で育って川魚を食べられないというのも変ですが、川で育った故に、川独特のにおいに敏感になり、泳げなくて水を飲んでしまったときのことを思い出すせいかと考えました。しかし未だに理由はわかりません。だいたいにおいて生ぐさいものは苦手です。魚はほとんど火を通さないと食べられないのです。川で育ったからというよりは、身体のことをとても心配する母が生ものをできるだけ食べさせなかった、という方に原因があるかもしれません。

夏は「川をつっ走った」記憶と、川の水の中から見た青空、水の光る姿、そんなものしか記憶にありません。家の中はあいかわらず暗かったと思います。しかしそれも、今となっては記憶がうすくなっています。陽の光いっぱいの川原を、友だちと我先に走って川の中に飛びこむ、太陽を浴びた石の熱さにはだしの足の裏が焼けそうで、水に入ったときのここちよさ、泳いでいて耳に水が入ったら川原のこの熱い石を耳に押しあて、首を曲げるとスーッと出ていったこと、そのとき石のそばには小さなカタバミやオオマツヨイグサ(月見草)があったこと、昨夜咲いてしおれてしまった月見草を踏むことができなかったこと、そんなことがぼんやり思い出されるぐらいです。

こうして、うすくなった記憶を引っぱり出して書いていてあらためて気づくのですが、私は、にぎりつぶされてしまったネコヤナギの新芽、子どもが座ったためにへこんだレンゲ畑の花、一夜懸命に咲いて枯れた月見草とか、傷ついてしまった花々に強い関心を抱く子どもだったようです。生い立ちと無関係とは思いませんが、何よりそういう自然があふれていた、というより自然そのものの中の一部分として自分がいて、そこからつまり子どもの目の高さから、自分の身長より高いネコヤナギや身長とほぼ同じ枯れた月見草などを見つめていた、ということに意味がありそうです。

それらの植物を生命と認識することはこの年では、もちろんありませんでしたが、それらの植物や小さな魚たちに同化していたといえばいいのか、踏まれた小さな名もない花は、殴られて泣く自分だったし、つぶされたネコヤナギの新芽も、けとばされたら死んでしまうかもしれない自分だったのではないか、そう思えてきます。自然の中にある、ほんとにはかない生きもの、その夜しか咲けない花、その夜しか光れない蛍、そういうものに気づくことで逆に自分を見つめる目を育ててもらった、そういうことではないかと思います。

鈴木祥蔵さんの言われた「豊かな自然の中で育った」ことの意味は、単純に「感性が豊かになる」という、あまり実体のないことばで表現されるものではなく、いく重にも重なる、はかない生命の連鎖を知ること、そのはかなさ、弱さから、幼い子どもの生命力としてのはかなさ、弱さを、子ども自身が客体化する力のゆりかごになること、そういうことではなかったのでしょうか。今やっと、わかった気になりました。

つらいとき、心から哀しいとき、身体がこわれそうなとき、私はいつも、イヌフグリ、シャガ、ニワゼキショウ、月見草、ミカンの花などの、小さな花々を思い出して、何とかのりこえて来ることができたように思います。それらは全部、四万十川の近辺にありました。そして今、福島の古い家のまわりには狭いけれど畑があります。それを、こんな小さな花々で埋めつくすこと、それが私の夢です。小さな夢ですが、なんとか実現しそうです。放射能の漂うなかに、きっとこの小さな花畑を作ってやる、また私は燃えています。

四万十の秋——夕焼けとマンジュシャゲ

四万十の四季の、夏の終わり——それはけっこう恐い思い出に彩られています。まず、お盆の頃（旧盆ですから八月半ば）になると、ふだん口数の少ない祖母から「もう、川に入ったらいかん」と言われます。なんで？　と問うと、「お盆には川の中にエンマ様が出てきて、人間の足を引きずりこむ」と言うのです。そのときの祖母の妙に迫力ある顔が思い出されます。

同じことを祖父は「川の底からエンコが出てくる」と言いました。母に「エンコって何？」と問うと、「カッパのこと」と言いました。カッパというのもわかりませんでしたが、何だか恐いものが川の底にいるように見えて、それ以上は聞けませんでした。この季節、台風もよく来ましたし、上流に降る雨も冷たくなったりして、川の水にさまざまな変化が起きる、それを昔の人はこんな風に伝えて、水の恐さを教えたのかもしれません。

事実、この季節、川はそれまでと変わって、子どもを受けいれない表情をしていました。一夜で水が濁ったり、増水したり、あのキラキラした真夏の川とは一変しておりました。さらにこの頃、私を恐がらせたのは、彼岸花の行列です。いつ出たかわからないのに、ふと気がつくと、川原までおりる岩の道、川までのケモノ道から二、三メートル離れた所に赤い細いツンとしたつぼみがつき出ています。彼岸花です。四万十では母からマンジュシャゲ、と教えられました。高知市に引っ越したら友人たちが同じ花をシーレーと呼んでいました。

祖母から、この花には毒があるからさわってはいけない、と厳しく言われました。おとなになってから彼岸花という名前が正式なものであることを知りました。毒もアルカロイド系のもので、球根だけでなく全身が有毒であることも知りました。キツネのタイマツという別名があったり、盆の頃から咲くので、死人を送る花と呼ぶところがあったり、高知市で友だちが言っていたシーレーという呼び名は「死霊」から来るらしいことも知りました。今では栽培用としてもあるのですが、当時は私にとって恐い季節とイメージが重なって、何かおどろおどろしい花という印象がありました。

この頃、台風が襲います。四万十川はいつも氾濫しました。実際に土手を崩してということはめったになかったそうですが、川原から一〇メートルはある崖の上に建つわが家の土台のすぐ下まで水がせまったのを見たことはあります。つまり両側で一〇メートルも川の水面が上がっているわけで、川幅は一キロメートルにもなっていたと思われます。濁流がゴーゴーと音を立てて追って来る恐さは特別のものでした。いつもずっと遠くに流れているように見えていた清流はイメージすらできません。上流で倒された大きな樹木や材木をすさまじいスピードで流していきます。私たち子どもはランドセルを背負って、ビニール類をかぶせられて、近所の高台の家に避難しました。たいてい祖母といっしょでした。祖父と私の両親は残って家を守っていたり、水防団の人たちといっしょに見まわったりしておりました。

私は川の水よりも風の方がきらいでした。家の裏の竹ヤブをザーザーと揺らし、ずっと遠くの下田の海の海なりの音まで聞こえます。古い重い家でしたが、風でもっていかれそうになります。すぐ停電し、ローソクの灯がユラユラして、風の音の中に人が泣くような声も聞こえて、私は両耳をふさいでじっとしていました。臆病だと言って家族が笑いましたが、私は心の中で、あのマンジュシャゲも全部流されたのだろうかなどと考えていました。

そして台風一過、水は急速に引いて、道の脇にまたツンと赤いつぼみの行列を見たとき、妙にスゴイと思って、恐かった記憶があります。頭の上一〇数メートルまで濁流が流れても、あの花は死なないのだ、すごい花だと思いました。この花はいつも私を追ってきました。二五年ほどたって神奈川県藤沢市の借家に住んだときも、植えた記憶はないのに庭の隅にマンジュシャゲが一株咲きました。その後に移り住んだ東京都世田谷区のマンションの、隣家との間の通路にも生えてきました。このときはさすがに、花なんかない、踏み固められた道のまん中にポソッと生えてきたので驚きました。そして福島の庭にも……。今は「そんなに私を慕ってくれるのか」と、かわいいような、懐かしいような気持ちで眺めています。

マンジュシャゲが咲き誇る頃、四万十川で特別美しかったのは夕焼けです。気がつくと白っぽかった道路も、家々の屋根も、川原も水も、まっ赤になっていて、西の空を見ると、燃えるような夕陽が、大きな火の玉のように見えて、ゆっくり、ゆっくり、まわりの色を次々と変化させて、川の向こうの長い堤防に沈んでいきます。仕事から帰ってくる母を待ちながら、幼い妹の手を引いて、私は峠道からずっと、その夕焼けを見つめていました。

まっ赤と書きましたが、単なる赤ではない、何とも表現しようのない色です。茜、紅、朱、いろいろな赤がありますが、夕焼けはそれらに白、紫、青、グレーなどが複雑に混ざっていて、しかも時々刻々変化します。目を離せない大パノラマでした。

母を見つけた妹が走り出します。母は夕焼けに向かって歩いて来ます。白いブラウスがオレンジ色に染まり、待ち続けたその笑顔に、心からホッとして、私も走ります。走りながら「今夜は、お父ちゃんは帰って来なければいいのに――」と思います。そして、そう思った自分を、私は悪い子だなと思います。夕焼けは、私に、このときの罪悪感を思い出させるものになってしまいました。

その後、仕事であちこち歩きました。どこに行っても、その土地の夕焼けスポットというのがあって、その土地の人たちは、せっかく東京から来てくれたのだからと、案内してくれます。私も、いちいち思い出すわけでもないので、感謝して、その土地の夕焼けを見ます。能登半島、北海道の留萌、島根県の宍道湖など、日本海側の夕焼けは、ほんとに壮大で美しいものです。それらを見ながら、私はやっぱり四万十川の夕焼けが一番美しいなんて思いません。一番も二番もないのです。幼い頃の四万十川の夕焼けが私の心の中に残るのは、母が帰宅する喜びと同時に、父の暴力が始まる不安、恐怖、そういう感情いっぱいの私の身体全体を包みこんで燃えるからだったのです。マンジュシャゲの朱色と、夕焼けの茜は、私の心臓がカタカタと早打ちを始める記憶に重なります。赤は、恐い色なのです。

この季節はしかし、子どもたちにとってはうれしい季節です。栗、柿、ミカンなど、木の実がいっぱいだからです。私が特に気にいっていたのは椎の実です。ドングリに似ていますが、ドングリがカシやクヌギ、ブナなどの実の総称なのに対して椎の実はブナ科の常緑大木の実で、食べられます。四国の南端であるこの地には、椎の木がいっぱいあって、秋には実を落とします。私たちはエプロンのポケットにいっぱい入れて、それでも足りなければスカートの前を持ち上げてその中にいっぱい集めて帰ります。ちなみにこの木を原木として生えるのがシイタケです。

祖父がいろりの火に大きな鉄鍋をかけて、椎の実をいれ、祖母が大きめのごはんしゃもじで時々ザッ、ザッと混ぜ返します。私たちは生つばをのみこんでじっと待っています。椎の実のカラが次々とはじけ、香ばしいにおいが広がります。祖父は平らな竹カゴの中に炒った椎の実をザーッと移します。まっ先に手を伸ばした兄が「熱ーっ」と、自分の耳たぶをさわります。少しさめてから、ポリポリと椎の実を食べる子どもたちの噛む音だけがひびきます。私は「里の秋」という歌を聞くとすぐこの光景を思い出します。歌は「栗の実」を煮ていたのですが、私は「椎の実」でした。

一五年ほど前、秋に、高知市で仕事をしたことがあります。夜、まちを歩いていると、懐かしい香りがしてきました。街角で、小さな台を出して、椎の実が売られていました。まだ熱い実を買って、ポケットの中にそのまま入れて、ポリポリと食べながら歩きました。また、横浜市に住んでいたとき、隣の県立高校の敷地に、椎の実がいっぱい落ちていることに気づきました。幼かった息子とそれを拾っていると、学校の人が出てきて「ドングリ拾いですか?」と言いました。「いいえ、これドングリじゃなくて椎の実です。炒って食べるとおいしいですよ」と言うと、その人もしゃがみこんで、「へぇーッ、ドングリだとばかり思ってた」と、拾っておりました。炒って食べると、昔ほど「おいしい」とは思いませんでしたが、懐かしい味はしました。チョコレートとかプリンとかがふつうになっていた息子は、一粒食べて、フーンと言って行ってしまいました。

祖父はミカン栽培を仕事にしていました。子どもの私には広く見えたミカン畑を持ち、秋は収穫の季節です。しかし手入れのよくない祖父のミカンは皮にブツブツができていて、すっぱいのが思い出です。後で知ったのですが、ほとんどが缶詰め業者に売られていて、残りは家で食べるだけでした。すっぱい中でも甘そうなのをさがして食べました。東京に来てから、ミカンてこんなにスベスベしていて甘いものだったのかと思いました。

しかし私たちにとってミカンは一つも無駄のない食べものでした。実を食べた後も皮は決して捨てません。祖母が大きな竹のカゴにいれて、何日も干します。そしてカラカラになった皮は冬の間の煮豆に入れたり、翌年の夏は火をつけてブスブスと燃やします。蚊取り線香の代わりです。ミカンの皮の干したものを入れた大きな缶が家の中にありました。風邪をひいたときはこれを煮て、砂糖(貴重品でした)をたっぷり入れて、食べさせてくれました。熱にうかされながらもこのときの味はよく覚えています。時々キンカンや生姜が入っていました。いま思うと、けっこうな健康食品だったと思います。

私はエコを声高にいう人はきらいだと先述しました。でも考えてみれば、私の子ども時代はエコそのものでした。だから、なんでそんなあたりまえのことを主張するのか、しかも経済的に余裕のある人たちだけがと思ったのです。それは今も変わりありませんが、やはりエコは主張していかないといけないことなのだろうと思います。私が幼かったのは六〇年ほど前です。そしてそれから四、五〇年で、私たちの生活は大きく変えられてしまいました。私が子どもの頃していた生活はもう日本の国には存在しないといっていいでしょう。ブツブツミカンの皮がツルツルになるためにワックスが塗られたりした時代もありました。その頃、ミカンの皮を干して再び使うなんて、恐くてできませんでした。ミカンの甘味を出すための農薬も使われていました。ミカン農家の最大の労働である雑草とり（ミカンは枝が低いので雑草をとるためにはしゃがんだりかがんだりしつづけになって、とても体力が要る）を除草剤に任せたりの時代もありました。

さすがに食の安全への関心が高くなって、それらは少なくなってきましたが、今テレビなどで報じられるエコは、実はゴーヤーのことですか？　節電の大合唱と共に葉のしげるみどりのカーテンを作ろうなどの大合唱で、ゴーヤーの苗がなくなっているといいます。

ほんとに私たちはバカになっているなあと思います。ゴーヤーの苗を早く育てるために、「工場で」「電気を使って」なんてなると、もはや笑い話にもなりません。ほんとうに電気は足りないのか、半分以上停止していた原発が一つ事故を起こし、あといくつか再開できないだけで、もう足りなくなるのでしょうか。また、原発なしでは生きられないのでしょうか。それらを問うことなく、すぐ始まった計画停電にすっかり乗せられて、ゴーヤーこそいい迷惑です。

四万十の四季を思い出しているはずなのについ、筆がすべってしまいます。四万十の四季を思い出すのは現代を見直すためなので、どうしても先を急いでしまうのですが、自重、自重。テレビなんか見るからいけないんですね。節電のため、テレビは見ないようにして先に進みます。

四万十の秋は、初秋の頃の草花の変化と台風と夕焼け、そして木の実ぐらいの思い出しかありません。というより、この地方では秋とか冬とかは少ないという感じなのです。夏からちょっと秋になって、短い冬があって、すぐまた春になるという感じです。春夏秋冬といいますが、四万十では極端にいえば春と夏しかないという感じです。やはり暖かい地方なのです。

四万十の冬——楽しみだった正月

それでもやはり冬は少しだけありました。前の山の陽当たりのいいちょっとした広場は、冬の間の子どもたちのたまり場でした。枯草の上に座ってポカポカと陽なたぼっこをしました。誰かが持ってきた干し芋の端などモグモグとかみながら、何を話していたか覚えはありませんが、それぞれの家庭で前夜何かがあったらしいことは、みんなが知っていたと思われます。私も知っていたし、私のことも知られていたのでしょう。母親が若くして脳卒中を起こして寝たきりというAちゃん、板前の父親が短気でよく母を殴り、その度に白布に包まれた父親の包丁を隠したというBちゃん、弟に病気があって近所の人とトラブルが絶えず、やむなくこの四万十の端っこの集落に貸家を求めて来たというCちゃん、ほんの数軒の小さな集落でしたが、子どもたちはそれぞれに背負っていました。そのことをみんな知りながら何も言わず、陽なたを分け合っていました。

その後、いろいろな形でみんなこの集落を出ていきました。数十年たって、思いがけないまちで消息を聞くこともありました。しかし積極的に会おうとはお互いに言いません。何と言えばいいのかわからないのだろうと、私は思います。みんな、それぞれの場所で、心やすらかにと、それぱかり願います。戦争が終わった直後に生まれた子どもたちは、戦争で傷ついた親たちを背負って生きてきたのです。せめて、おとなになるにつれ、傷をいやしてほしいと思います。

この時代の子どもたちの戦後の人生は、漂流ということばがぴったりくると、私はひとり合点で思っています。「ふるさと」という歌を今回の大震災の避難先ではよく歌われましたが、私はそういう場面をテレビで見る度にチャンネルを変えました。こんなとき、よくこんな歌を歌えるなと思いました。避難している人が自らボソボソ歌うならわかるけど、都会からボランティアで行ったタレントたちのリードで歌っている人たちは、どんな思いだろうと思いました。タレントに合わせてくれる避難所の人たちに、私は目を向けることができませんでした。

戦後を生きてきた私たちの多くは、「ふるさと」ということばに、複雑な思いがあります。ずっとその土地で農業、漁業をしてきた人たちが津波や放射能によってそこを追われてというのは、わかります。しかし高度経済成長の波に乗って、あるいはあまりの貧しさに耐えかねて「ふるさと」を後にした人たちもたくさんいます。福島をはじめ、各地の原子力発電所で働いていた人たちにもそういう人たちはいると思います。そこの事故で避難している人たちは「ふるさと」という歌を、どんな思いで歌ったのでしょうか。

そう、漂流してきた戦後人が、定年退職のときを迎え、それぞれの「ふるさと」を見つけようとした矢先に、この東日本大震災は起きたのです。少なくとも私はそうでした。あのとき四万十の山で陽なたぼっこをしたAちゃん、Bちゃん、みんなどうしているのだろうと思います。せめて元気であってくれ、せめて幸せであってくれと、祈る思いです。

この集落にも雪が降りました。わが家は障子を開けると、二メートルほどの庭らしきものがあって、その先はすぐ道路でした。塀はこの部分にはありません。そして道路の向こう側に井戸がありました。アヤメの咲く、イクリの樹の下の井戸です。水くみのとき不便でしたが、通る車も一日に数台、あとは馬が引く荷車が時々という程度でしたから、危ないということはなかったのです。

どうしてこういうことになったのかと聞くと、戦争前に、祖父の土地のまん中に道路を作ることになって、家と井戸が離れたと言いました。だから、寝ていても、道を歩く人の足音や車の音（めったにない）は聞こえました。

雪が静かに降っている夜、今、考えるとまだ宵の口、八時か九時頃だと思われますが、街灯も門灯もないこの当時、冬の夜の八時、九時は深夜でした。寝かかった頃、小さな読経の声が聞こえてきました。「来たっ」と言って、私と妹はふとんにもぐります。恐いのです。数人の男たちの読経の声はだんだん近づいてきます。「南無妙法蓮華経」でもない、タイコもない、小さな鈴の音が時々チリーンとします。近づいてくると、見てみたくなります。妹が「やめろ」と言って私の寝まきのすそを引っ張るのですが、ふとんを出て、障子を少し開けて見ます。

竹で編んだ円い笠をかぶり、黒い僧衣、白い手甲、素足にわらじのお坊さんたち四人が、縦に並んで、「ワムワムワム……」と唱えながら歩いて来ます。四万十川の上流にあるお寺に向かう、いわゆる寒行の僧侶たちらしいのですが、笠の上には雪が積もり、足はぬれています。家の前をまっすぐ歩いて、上流の方に行きました。寒さだけではない震えで、ふとんの中にもぐり込んでも寝つけませんでした。春に、菜の花の中をやって来るお遍路さんとは全く違う、迫力といえばいいのか、恐さがありました。

冬が来て待ちどおしかったのはお正月です。クリスマスなんて特に何もなかったし、詳しく知りませんでした。クリスマスイブにケーキを買って帰るなんて、私が大学生になる頃に始まったように思います。それまでは知りませんでした。お正月は楽しみでした。朝起きると枕元に新しい下駄と赤いゴムマリがありました。鼻緒がピーンとのりのきいた下駄、表面に粉を吹いている新品のゴムマリ、それを手にしたときのうれしかったこと、よく覚えています。父に定職もなく、貧しかった両親でしたが、年に一度、正月にだけは何か買ってくれました。どうやって工面したのか、おそらく母の実家でお金をもらったのか、祖父母から借りたのか、今になって、きっと大変だったんだろうなあとわかります。

そしてお正月は、母の手作りのおすしです。高知では皿鉢《さわち》という大きな皿に、すし、魚、カマボコ、ゴマあえ、ようかんまでいっしょに盛りつける皿鉢料理というのがあって、正月はこれが二つほど用意されます。年末から準備が始まって、母が黒豆を煮ていたり、すしにする大きなアジ（酢にひたしたアジの中にすし飯を詰める魚ずし）を酢につけたりする様子を、胸をワクワクさせながら見つめておりました。年の晩（一二月三一日）にすし作りが始まります。家中に酢のにおいが満ちて、大きなすし桶にごはんが移され、母がしゃもじでまぜながら酢を落としていきます。この中に小さく刻んだ生姜を入れるのが、母流でした。おいしかったです。

数日前に祖父、父、近所の人たちがついたもちが、そば屋さんが使う平らな板箱（この地方ではモロブタと言っていましたが）に入って一〇段ほど並んでいます。この地では、東京の人がいう大福もちが、丸もちとして作られます。あんこが入っているのです。もちろんのしもちが主ですが、このあんこ入りの丸もちは子どもたちに次々とねらわれて、正月が来た頃は半分ほどになっていました。

この、もちつき、すし作りなどが正月の、おそらく年に一度のメイン行事だったと思います。七夕様も毎年やりました。祖父が切ってきた大きな竹に、いろいろな形の短冊を、一つひとつ祖母や母が作ったこよりでつけていきました。終わったら四万十川に流しました。考えてみれば季節毎の行事をけっこうマメにやっていたのです。学校に行きだしてからは学校でやってしまうため、また祖父母が病気がちになってからは少なくなりました。ただこの季節、子どもたちが正月に続いて楽しみにしていたのは、この地方のサギッチョという行事です。川原におりる道と、人や車の通る道の分かれる所、集落の入口にあたる所で、びっくりするほどの大きな火を燃やして、その中にいろいろなものを投げいれました。火のふちにはもちが焼かれていて、それをもらうのが兄たちの目的でした。

私はまたこのサギッチョも恐くて、あまり近づけませんでした。左義長、どんど焼などという地方もあることを後で知りますが、小正月の行事です。この火の中に門松など入れて燃やすのですが、祖父から「たたりを消すために燃やす」と聞いてから、恐くて近づけなくなりました。私はこの「たたり」ということばが大きらいです。また「バチが当たる」ということばも全身で拒否します。

子どもの頃は恐かっただけですが、成長するにつれ、「たたり」とか「バチ」とかは極めて非科学的なことなのに、強い恐怖心を与えるものであると知っていきました。墓参りをしなければご先祖の「たたりがある」と言う宗教者などに、子孫にたたるようなご先祖を敬う気はありませんと言ったり、「バチが当たる」と言う人に、バチって何ですか、誰が当てるんですかと食ってかかったり、感情的に対応してしまいました。

その理由は今はわかります。私は、女や子どもを殴る父が大きらいでした。死んでしまえばいいと思っていました。そして、そう思う自分を悪い子だと思っていました。悪い子だから「たたり」があるはず、「バチが当たる」はずと、どこかで思っていたのです。サギッチョの火に近づくと私は燃やされてしまうかもしれないと、思っていたのです。そんな自分が、今は哀れです。

やはり冬は、正月以外はどこかつらい記憶が多くなります。しかし四万十は、正月が終わり、サギッチョが終わると、もう春なのです。やっぱりいい場所だったと、いま書いてきて、思います。

第六章　私が悪いわけじゃなかった

――幼児期から小学校時代　一九四六年〜一九五〇年代

身体が記憶する幼児期の暴力

ものごころついたとき最初に記憶しているのは、天井に映る巨大な黒い影です。激しく右に左に揺れ動き、同時に家を揺らす大きな音が床から伝わります。母のじっと耐えたような声が続き、父が母の顔を殴る、皮膚にくい込むような音がひびきます。天井の電気も揺れて、私はふとんのすき間からその巨大な黒い影と音を、目を見開いて聞いています。胸がドキドキして、息をつめて。しかし母の泣き声が聞こえたとき、思わずふとんを飛び出し、父の前に立ちました。目からは涙がポロポロこぼれて、父が酔ってヨロヨロしながら立っているのはわかるものの、顔の表情まではわかりません。

「何じゃあ、その目は」

と言う父の声と共に、私はこめかみを殴られて、板の間にぶちつけられました。板にぶつかった腰のあたりが火がつくように痛くて、ワーッと泣く、自分の声をよく覚えています。

母が私におおいかぶさり、その母の背中を父がさらに蹴っているのでしょう、母と私はいつも食事をしている板の間のすみに、少しずつ追いつめられます。母が「もうやめて、もうやめて、わかった、私が悪かったけん」と、息をハァハァいわせながら言っています。父は「どこまでオレをバカにすりゃ気がすむんじゃあ」と、さらに怒りが強くなったようで、母の髪の毛を引っ張ります。

母の身体が離れ、私は急に寒々とした身体にびっくりして、身をすくめ、両ひざに顔をうずめて、泣き声を消そうとします。そうしないとさらに「泣くなー」と殴られるから、声を殺すのですが、身体の奥から息が上がってきて、のどが焼けるように熱く、ヒクッ、ヒクッと、ふるえます。このふるえも消そうと思うのですが、思えば思うほど、息がつまります。苦しくて、つらくて、死ぬかもしれないと思い、また深呼吸をするのですが、またそれを消そうとする意思が働いて、のどが焼けて……そのくり返しです。

父のにぎりこぶしが頭の前の方につきささります。文字どおり、目から火花が散ります。そして頭のうしろがジーンとしびれて、固まったように動こうとしない身体の奥からつき上げる息に、呼吸ができなくなります。記憶が飛びそうになったそのとき、母が父の着物のすそを引っ張って、私から引き離します。父は母の方に引きずられ、そのままドタンとふとんの上に倒れます。家中が揺れますが、その次には父の異様なほどの鼾の音が聞こえます。

私はその鼾の音に心からホッとして、母にすがりついて、泣き声を出すとまた父が目覚めて殴られるからと懸命に声を殺して、泣きました。声を出さずに泣くことは、身体中が熱くて、息が苦しくて、頭はまっ白になることでした。

ふと気がつくと母のふところには二歳下の妹がもぐり込んで寝ていて、私はそのうしろになって母と離され、どこにもすがりつくところがないまま自分の身体を抱きしめて、ヒクッ、ヒクッとしゃっくりのように泣いています。すぐに母の右手が私の身体をゆっくりゆっくりなでてくれて、それだけが気持ちの水が流れるルートで、これがなかったら空中分解しそうな身体の状態だったように思います。

一つひとつを明確に覚えているわけではありませんが、いつも、幼い頃の最初の思い出というと浮かんでくる、私の光景です。殴られた頭や、板の間にぶつけられた腰の痛さなどはどこかにいって、身体中が熱かったこと、父を一時も早く眠らせたくて、ものすごく気をつかったこと、父の大きな鼾の音が、何よりもホッとする救いの瞬間だったことなどを覚えているだけです。

三歳ぐらいだったはずです。それ以外の日常生活の記憶は五、六歳ぐらいまでないのに、父の暴力の様子だけは覚えていて、後になって母に言うと「覚えてるはずがない。あんたはまだ二つか三つやった」と必ず言いました。私がそのときしかなかった細部の話をすると母はびっくりして、そしてその話を避けました。これは、してはいけない話なんだと思い、私は自分の心の中に閉じ込めました。しかし、これらのことは、頭が覚えていることではありません。身体が覚えていることだから、成長するにつれて発達してきた理性とか、理屈とか、自制心とかで押さえ込もうとしても、なかなか引っこんでくれません。そして体調を崩していくことも、自制心を崩していくこともありました。

ずっと後になって、自分のこの体験を位置づけようとして苦しみました。そのとき救いになったのはこの、頭の記憶と身体の記憶とを分けてとらえることができたことです。身体に刻まれた恐怖心、頭の中がまっ白になる体験をほとんど毎晩してきたことから来る記憶の消失、父への憎悪、母への執着などを私はごちゃ混ぜにしていて、いつまでも憎んではいけない、何たって親なんだから、母にいつまでも執着するのもどうかと思う、母は母の人生だったんだからと、理屈ではとらえながらも気持ちがおさまらないのです。

いつまでも気持ちのおさまらない自分を、もうひとりの自分が「しつこい、恨みがましい、いいかげんにサッパリ忘れろ」と責めます。しかしおさめようがなく、老いた父が近づいて来ただけで離れてしまう自分の身体に、いらつくときもありました。母は私のこの「しつこい」ところにハラを立て、気がつくと私の手をふり払い、父の方に寄り添っておりました。

考えつづけるなかで、ふと気がつきました。自分の身体まで理屈で抑え込もうとするからおかしくなるのだと。幼いときに身体が覚えたことは、理屈を超えているのだからと。

考えてみれば、あの四万十川の四季のなかで、幼い私が理屈ぬきでさまざまな事象を覚え、感じていったのです。それと同じように幼児期の恐怖体験は、理屈で抑え込めるものではないのです。楽しかった記憶、美しかった花や水の記憶は良しとし、息が詰まるほど苦しかった記憶は悪いものとして消そうとしてきた、そこに無理があったのだと、理解したのです。どっちも私の体験なのだ、どっちも私をつくって来たものなのだと、やっと五〇歳ぐらいになってから位置づけることができました。

そして、そこに至るまでに、よく死なないで生きてきたなあと思いました。いろいろな人に助けられておりました。危ないところで、その要所、要所で、私は、そばにいる人たちに助けられました。それは、今思うと、極めてラッキーなことでした。ラッキーと表現すると軽い印象です。でも、そういう人がいなかったために命を落とす子どもたちがどれだけいるかを知った今、私が助かったのもラッキーとしか言いようがないのです。「必然」として助けられたと言いたいし、そういう社会にしたいと思います。

その「必然」を制度化するには、しかしこの軽いラッキーということばで表現される私の体験、私のような体験をしてきた人の例を伝えることが必要だと思います。自分の歴史を書いてみてわかったことですが、実はこの、軽いラッキーも一つの制度の上にあった、あるいは時代の幸運かもしれないけれど、その時代の制度の一部に助けられた部分もあるということです。

ほめること――第二の自我以前の子ども時代の意味

どこまでも自己否定しつづける私は、おとなから見て「かわいい」子どもではなかったと思います。よく、「かわいい気がない」「子どもらしくない」「ひがんでる」「ひねくれてる」「いじわるだ」などと言われ、そのことばが子ども同士のケンカの折に、子どもの口から「お母ちゃんも言ってた」という風に伝えられます。その度に自分の「良」とした部分は削り落とされ、「悪」とした部分に貼り付けられていきます。ますます私はダメな子どもなのだと思っていきます。

後年、たいへんな事件を起こした少年少女、あるいは若者と出会ったとき、ほとんど全員が、程度の差はあれ、私と同じような作業をしながら成長したことを知りました。体験といわず「作業」としたのは、まさにここです。まわりの人たちのことばで自分を評価し、自分をつかまえていくのが子ども時代です。そのおとなのことばがどんどんその子を傷つけ、その子が自分をダメな人間と思うことに手を貸していることがいかに多いか、おとなたちがそれに気づくことがとても大切なことだと思っています。

子どもは自分で自分をとらえることができません。子どもがおとなになるときというのは、いわゆる「第二の自我」が育ち、もうひとりの自分が見つめている状態になることだといわれます。第二の自我が育つまでの幼児期あるいは、〝児童〟といわれる時期には、まわりのおとなの評価によって自分を確認していくといわれます。第二の自我の成長が大切だと主張する教育関係者たちはいっぱいいますが、それ以前の子どもがどう育つのかは、なかなかわかりやすく語ってくれません。子どもは、自分の中の「良」と「悪」の引き出しを持ち、まわりからほめられ、励まされ、ただ楽しく遊ぶという愛情をかけられたとき（それは何ら特別なことではありません。子どもと共に子どもにやさしく生きればいいだけです）、「良」の引き出しにはいっぱい気持ちがつまっていきます。というより、そんなことしなくてもいい、「良」「悪」と分けなくてもいい、「悪」の引き出しを感じなくてもすむなかで育っていきます。

しかしいつも否定され、暴力をふるわれ、食べ物も十分与えられないとき、自分を「悪」の引き出しに入れてしまいます。「ダメな子」と言われる度に（暴力を受けつづけることはその度に「ダメな子」だと言われつづけることです）、「悪」の引き出しを引っ張り出して、自分は良くない子ども、生きている資格のない、生まれてはいけない子どもだったのだと思っていきます。この引き出しを二つ持ってしまって、「良」の方から「悪」の方に少しずつ自分を削りながら移していきます。だから「作業」と表現しました。「体験」ということばにある積極的なイメージでは表現できません。

児童虐待を防ぐためには、子どもを「救う」というよりも、この「作業」から切り離す、この「作業」をできるだけさせないようにする、ととらえた方が、わかりやすいのではないかと私は思います。しかし私の経験からでも、このことに気づいてくれるおとながいかに少ないかわかります。

私の場合、小学校時代まではこの「作業」を続けざるをえませんでした。家庭内はもちろんのこと近所でも、学校でもこの部分ではしんどかった記憶ばかりです。そんなことを細々書いても、恨みがましいものにしかなりません。ほとんど省きますが、少しだけ、学校でつらかったことを書きます。中学校で私は学校の先生に助けられるのですが、講演などでそれはよく話しました。本書でも、初めての読者のためにそこは後述します。ただ、そのことが多く知られて、私はいつも学校を擁護する、教員の味方ばかりすると誤解されているところもありますので、思い出したくないできごとですが、子どもの気持ちの一端を知ってもらうために書き残します。

小学校三年生（九歳）のとき私の家族は四万十市から高知市に引っ越しました。転校は不安でしたが、私の気持ちの中に、違う自分を出せるからいいかもしれないという思いもありました。生まれたときからの故郷というイメージは当時（今も）ありませんでした。四万十川から離れるのはつらかったのですが、それよりも、今までのイヤな私を知らない人のいるところの方がいいと思っていました。

イヤな私は、四万十市の小学校時代、至るところにおりました。小学校二年生の夏休み前、クラスで、夏休みに川原にキャンプに行こうという話がもり上がっていました。キャンプなんてことばも初めて聞く時代で、いったいどんなことをするのだろうと、私も興味津々でした。まちでもリーダー格の家の父親が大きなトラックと、その昔軍隊で使っていた大型テントを用意する、みんなはリュックを背負って四万十川の上流まで歩いて、ごはんは飯盒で炊いて、夜はキャンプファイヤーをして、テントの中で寝るという話でした。

私はもう、身体が拒否する感覚を味わっていました。リーダー格の家の息子も私には恐い存在でした。勉強もよくできて、当時にしては身ぎれいで、きびきびした少年でしたが、私にいつもイライラしている様子で、私にはそれが恐くて、苦手でした。クラス中が浮き立ち、みんな楽しそうに話し合っていました。誰も反対できない雰囲気です。どんどん話が進んでいきます。班分けなど始まって、人数で区切っていきますので、参加しないならしないと早く言わなければなりません。参加しないと言い出す人は誰もいません。

私はとうとう、意を決して、「私、行きません」と言いました。まず担任の目が私に突き刺さります。しかし担任が何か言う前にリーダー格の少年が「なんで？」と言いました。詰問といっていい言い方で、私はもうそれだけで目に涙がいっぱいあふれて、唇がふるえて、うつむいてしまいます。クラスメイトのひとりが「またー」と舌打ちします。別の子が「いっつも泣いて……」と私をにらみます。

現在の私しか知らない人は、私の子ども時代のこういう状態を「ウソー」と言います。どこに行ってもエラそうに自分の意見を言い、書き、たとえひとりになっても自説を曲げなかったりする頑固な私と、学校で一切手を上げて発言することもない、いつもオドオドとまわりを見つめ泣いてばかりいた私がいっしょにならないからでしょう。でも、事実です。幼い頃を知っている人は誰でもうなずくでしょう。

とうとう担任が、「みんなでせっかく楽しいことを話しよるのに、なんでそんなこと言うかね」と言いました。私の母の昔の同僚という女の先生が、ふだんはとてもやさしいのですが、このときはイラついていました。私は「なんで？」と言われてもうまく表現できません。ずっと泣いていました。結局このときのキャンプは行われたのか中止になったのか記憶にありません。ということは川の増水とかで中止になった可能性も高いです。

このときの私の真意は「私なんか参加してもいいのだろうか？」というところにありま

した。私のような暗い、泣き虫の、キビキビ動けない子どもが参加したら、きっとみんなも楽しくないに決まってる、行かない方がいい——そういう思いを克服できなかったのです。「悪い子」の引き出しばっかり開いていますので、自信がとことんないのです。そしてまた、このときの担任、クラスメイトのことばが私の「良い子」を削りとっていきました。「悪い子」の引き出しはまたいっぱいになっていきました。

しかし翌年の夏、高知市に引っ越したとき私は、ちょっとした解放感を味わっておりました。どん底だった自信も少し回復の兆しがありました。

関東地方の人たちは知らないのですが、高知県にも方言があって、アクセントが全く違います。高知市より東は全部いわゆる関西式アクセントです。「川」という字はカの方が高く「カワ」と読まれます。ところが高知県西部の一角、四万十市近辺は関東式アクセントなのです。「川」は、同じ高さの音で「カワ」と読まれます。

後年、大学に入って言語学の授業で、教授が四国出身の私にこの字は何と読むかと問いました。黒板に「山」という字があります。私は高低差のない音で「ヤマ」と読みました。教授は「無理しないで、ふつうに読んで」と言いました。「無理しないで」ということばにムッとしながら「ヤマ」と同じように読みました。まだ不思議そうな顔をしていますので、「私は、高知県といっても西部の中村市（四万十市の前身）の出身です」と言いました。教授は喜んで、「ああ、そうですか」と、広島、岡山の一部、四国西部に一部だけ関東式のアクセントの地方があるという言語地図を広げ、説明しました。ちょうどその地方の子どもがいたのでびっくりしたのでしょう。

しかし小学校三年生の転校のときは、これは大変な苦痛のタネでした。順番がまわってきて立ち上がって私が国語の教科書を読み始めます。クラスのあちこちでクスクスと笑い声が起きます。「山」も「川」も反対のアクセントなので、子どもたちはおかしかったのでしょう。するとそのときの担任の女性教員が、

「みんな、何がおかしい？　いま読んでる国見さんの発音の方が、正しい発音ですよ」

と、ビシッと言いました。

「正しい」も「正しくない」もない話です。東京に近いアクセントの方が「正しい」わけもないのです。でもこのときの担任は、転校してきて、アクセントを笑われている田舎（高知市から見れば四万十市は田舎）の子をかばってくれたのだと思います。クスクス笑いはピタッと止みました。

また、当時たまたま、学校の勉強の進度は四万十市の方が早かったのです。漢字など、ほとんど以前の学校で習っていたものでした。そういう字が出てくる度に担任はそれを黒板に書いて、私の顔を見て、「読んで」と言いました。私は小さな声でしたが、読んでい

きました。これだけでもう、クラス中に「今度来た子は、できる」という空気が流れ、私は笑われることはなくなっていきました。父の暴力は同じように続いていましたが、学校の勉強は元々きらいではなかったし、担任がことさらほめてくれることで、だんだん自信を深めていくことができました。若くて、すてきなフレアスカートをはいた、この美しい先生のことは、今でもよく覚えています。

学校という場所は、その時その時、その子の抱える問題によって、意図しない影響を与えることがあります。つまり、いつも完ぺきに、どの子にも対応できる場所であるはずもないのですが、先述したようにこの国では一九六〇年代の末頃から、ありうるはずのない学校教育、家庭を目ざしていく流れが広がっていきました。タテマエが幅をきかせ始め、学校は子どもにとってだんだん息苦しいところになっていったのです。

ただ、その前の時代でも、私のような生い立ちを抱えた子どもにとっては、しんどい部分はありました。二年生の夏のキャンプが、「クラスがまとまっていく」ことをめざすなかでの私の苦しみでしたが、四年生になったときは、なぜかそのときの担任にひどくきらわれました。

私は高知市の小学校で少しずつ自信を取り戻していくなかで、友だちができていきました。幼いときからそういう意味では「苦労」していましたから、一旦、小さな自信さえ芽生えれば、同じように親に痛めつけられている子、親がいない子、勉強がほとんどわからない子たちの〝めんどう〟を見る、ちょっとお姉さん的な存在になっていきました。自分でそう気づいていたわけではありません。後になって、そう言われればそうだなという程度です。

いろいろな先生がいた

四年生になったとき、その学校に初めて赴任した年配の男性教員が担任になりました。三、四年生は持ち上がりがふつうでしたが、三年生の途中から転校してきた私をかばってくれた、フレアスカートの似合う美しい先生は転任になったのです。とてもさみしかったことを覚えています。四年で担任になった教員は、それまで研究所のようなところにいた学者のような人で、これも後でわかったのですが、当時、地元では有名な先生だったそうです。

初めての授業のとき、「私の子どもが今朝、お父ちゃん、なぜウンコは黄色いの？　と聞いた。私は、天才だと思った。あたりまえに思っていることに疑問を感じること、それが大切だ」と言いました。私はその瞬間「バカか！」と思いました。いきなりわが子を天才だと子どもたちの前で言うなんて、モーレツに不快でした。この担任はクラスのふたりのおとなしい女子を「気に入った」らしく、自分の机（当時、生徒が多かったからでしょうか、担任は教室のすみに自分の机、資料など置いていていました。職員室に入り切れなかったのではないかと思います）にくっつけてふたりを座らせ、このふたりには三学期終了まで席替えがありませんでした。

そしてこのふたりの女子児童も、このことをとても苦痛に思っていることを、私は知っていました。このふたりの女子とよく、登下校のときいっしょになりました。ひとりの子は「もう、学校、行きとうない」と言い、別のひとりの子は「みんなにきらわれる。しんどい」と涙ぐんでいました。私は休み時間、このふたりも誘って校庭に出ようとするのですが、担任はこのふたりに用事を与えて、自分のそばから離そうとしませんでした。五年生になって、この担任がどういうわけか学校からいなくなったとき、このふたりの女子はとても喜んでいて、私たちと遊びました。ひとりはもう、今でいう不登校寸前だったそうです。

私は、何故かわかりませんが、この担任にはきらわれました。席は、先のふたりの子の対角線上の一番遠い所でした。私は席替えはありましたがいつもその周辺、つまり担任からは一番遠い所でした。うしろの出口のすぐ横で、休み時間になるとすぐ飛び出ることができたので、私はうれしかったのですが、先生がここまでやるのかと思ったのは通信簿でした。なんと私は全学期ずっとオール4でした。

とび箱の一段も跳べない、逆上がりもできない体育も4、得意で、いつも満点に近かった国語も4です。つまり、私には一切評価をしないということです。だからといってオール2ではまわりから疑問の声も出るでしょう。だからオール4ですが、そこにこの教員の卑劣さを子ども心に感じました。

そして私の気持ちを一番傷つけたのは、「生活態度」とかについて漠然と書く欄です。「子どもらしくない。万事おとなびている」と書いてありました。当時の私にとって一番つらいことばです。読みながら涙がにじみましたが、学期末の教室で、その先生の前で涙は見せられません。もっともその先生は決して私と目を合わせようとはしませんでしたが。家に帰って母に通信簿を見せましたが、母は「フーン」と言ったきり、無関心でした。私は自分で印を捺して、次の学期初めに通信簿を先生に返しました。いつものことでした。

このことから私は、いい年をしたおとなが、しかも教員が、子どもに対してまともにケンカをふっかけてくる、あるいはいじめをしてくることを知りました。私は学校で初めて、殴らない男のおとながいることを教えてもらったのですが、心を殴るおとなはいるんだと、また学びました。ほんとにいろいろでした。

そしてまた五、六年生と担任してくれた男の先生に、自信をつけてもらいました。私を特に見てくれたわけではないのですが、どの子にも公平に、正当に見てくれる先生でした。このクラスにもいろいろな子どもがいました。母が再婚した男に殴られつづけ、顔にアザを作ってくる子、両親が旅まわりの芸人の仕事をしていて祖母とふたりで極端に貧しい暮らしをしている子、戦争から帰って心を病んでしまった父親を家の中で見ながら生きる子、ほんとにいろいろでした。私の抱えるストレスなど、そういう現実のなかに溶けていくほどのものでした。

担任は、そういう子どもたちの家庭を、毎日少しずつ訪ねていました。両親が旅まわりをしている子のおばあちゃんは、毎日のように古いタオルをていねいに縫って、雑巾として学校に届けてくれていました。自分の孫がみんなにかわいがられるようにと、それはそれは心を砕いていました。学校に来る度に、子どもたちにまで頭を下げて、私は、そんなにしなくていいのにと思っていました。そしてそのおばあちゃんが縫ってくれた雑巾は、かんたんに使ってはいけないような気がしました。

後年、この男の子とまちでバッタリ出会いました。お互い二〇歳を超していたと思います。ニコニコと、まっ白い歯を見せて近づいて来た彼の頭は、坊主頭でした。

「ずいぶんサッパリした頭やねえ」

と私が言うと、彼はその頭をなでながら笑って言いました。

「いやあ、この前まであっちに入っちょったけん。出てきたばっかりや。元気そうやね」

彼がまちの暴力団に入ったらしいというウワサは聞いていました。何をしたかはわかりませんが塀の中から出てきたばかりのようです。何も悪びれた風でもなく、幼なじみと昔と同じように話す彼に、私は、子ども時代っていいものだなあという思いをさせてもらいました。自分の子ども時代を否定しつづけていましたが、学校ではそういう子どもたちと出会い、自分を少し客観視することもできたのだと思いました。

「おばあちゃんは？　元気？」

と問うと、「死んだ」と、投げ出すように言いました。「そう」と私が言うと、「ええ年まで生きたし、ずっといっしょやったから」と、テレくさそうに言って、「ほな、元気で」と彼は去っていきました。最後までおばあちゃんといっしょだったようです。やさしい子でした。

六年生の修学旅行の前に、担任がクラスのみんなに語りました。

「Aさんが修学旅行に行かんて言うてきた。旅行のお金は学校が出せる。けど、Aさんは旅行に着ていく洋服がない、それが恥ずかしいから行かんと……」

担任の声が終わらないうちにひとりの男の子が言いました。

「そんなん、おかしい。服ぐらい、みんなで貸しちゃったらええ。ぜったい、おかしい」

みんな、強くうなずいています。そして母親が縫製の仕事をしているBさんが発言しました。

「私が、お母ちゃんに頼んでみるから、みんな、家から、余った服があったら持ってきて」

翌日、教室には子ども服のバザーができるくらい洋服が集まりました。Aさんは恥ずかしそうでしたが、その顔は喜んでいました。私はAさんの隣の席でした。小さな声で「よかったね」と言うと、Aさんはうつむいて涙ぐみました。私はわざと明るく、「いっぱい持ってきてくれたけど、よう見たら、全部ボロやね。みんなボロしか持ってないもんね」と言いました。さらに「けど、あのBさんの洋服、いっつもきれいやん？　Bさんのお母さんが直してくれるんやから、ものすごくきれいな服になるよ。よかったね」と言いました。Aさんは顔を上げて、私の方を見て、ニッコリ笑いました。その日Aさんが着ていた洋服は、夏だというのに、おそらく兄さんの学生服の上着の袖を取ったものと思われる、チョッキともノースリーブともいえないものでした。私たちも大差ないのですが、Aさんは特に貧しい家庭の、五人兄弟のまん中でした。おとなしい、芯の強い、兄弟思いの女の子でした。

私の言ったとおり、Bさんのお母さんは、みんなから集まったボロを、どういう魔法を使ったのか、ほんとにすてきな洋服にしてくれました。修学旅行の日、一番すてきなファッションをしていたのはAさんでした。みんなが「ええねえ」と、Aさんを囲んでワイワイ言いました。AさんはBさんに近づいて、「ありがとう」と言いました。Bさんはちょっとふくれっ面で「うちのお母ちゃん、Aちゃんの服ばっかり気にして、私のこと忘れちゅう……」。みんなドッと笑いました。Bさんもすてきな洋服でしたが、明らかにAさんの方がきれいでした。

後になって、こういう子どもたちの気持ちを育てたのはあの担任だったのだと知りました。ことさら大きな〝物語〟にするでもなく、コツコツと子どもの状態を知る努力をして、さりげなく子どもたちの連帯感を育てていたのです。ことさらのことがなかったということのすごさがわかったのは、教育関係の取材をするようになってから、つまりこのことがあってから二五年もたっていました。担任は亡くなっていました。会って確認したいと、記者として思いましたが、かないませんでした。私の記憶の中に生きる、目立たない、真の教員のひとりです。

こんな学校生活のなかで、私は少しずつ、家庭ではない外で、自分をとり戻しつつありました。しかし父の暴力は少しもやまず、夜は恐怖でした。テレビを見ていておかしい場面があって、妹とふたり、笑っていました。するといきなりゲンコです。父が「オレをバカにするのか」と、酒を飲んでいるわけでもないのに妙に目をすえた感じで、わめいています。テレビを見る気もなくなって、自分の部屋（といっても妹も兄もいっしょの部屋）の机に向かいます。小さな座り机の前後、一メートル四方だけが、私だけの空間でした。本を読み、教科書を先へ先へと予習するしか、することがありませんでした。

私の心の中に大きな裂け目が広がっていました。家で父に殴られ、その父に死んでもらいたいと心から願う自分がいます。学校では友だちのめんどうみがいいとされ、〝友だち〟がいっぱいいいます。先生からもほめられる〝いい子〟の自分がいます。この、ふたりの自分が、私の心の中でどんどん距離を作っていくのです。

当時私は、学校の〝友だち〟を欺いていると思いました。ウソついて、みんなが思うようないい人ではないのにだまして、私は何という悪い人間か、そう思っていました。「悪」の引き出しがまたちょっと違った形で、顔を出しました。というより、芽ばえ始めた〝第二の自我〟の方から責めるのです。

どんどん自分をきらいになっていきました。〝いい人〟のフリをしながらだから、とてもつらいです。子どもの頃の苦しさとは違う、思春期故の、おとなとしての側面もある苦しみでした。真剣に自殺を考えました。もうひとりの自分が責めるのです。ウソつき、お前なんか生きるに値しない、この世にいない方がいい存在だ……と。つまり、この頃から、自己否定と成長が表裏一体になってくるからしんどいのです。全くの子どもだった頃は、「外」との闘いでした。しかしこの頃からは自分の「内」側で、自分との闘いです。誰にも言えず、黙りこんで、しかし学校では笑って、家では気をつかって、メチャメチャな精神状態ですごしていました。疲れて、頭の中は熱くて、こんなときっかけさえあれば、私はフラーッと死んでいたと思います。そして私が自殺した後、親や先生たちは「そんな兆候は全く感じられなかった、理由はわからない」と言うのでしょう。真実、理由はわからないのです。本人すら明確じゃないから。

私を助けてくれた先生

こんなとき、助けてくれるのは外からの働きかけです。それも「励ます」のではなく、「励ます人がいる」ことを伝えることです。自分が「励ます人」になれなければ、そういう人がいる、そういう制度があることを確実に、ていねいに伝えることだと思います。「命を大切にしましょう」教育とは全く別の、生きる術を、もっとはっきり言うと、そこから逃げる術を教えることです。あるいは具体的に逃がしてやることです。学校で疲れていたら休ませる、家庭でにっちもさっちもいかなくなっていたら家庭から離れさせる（実はこの部分の制度はほとんど手つかず）ことです。身体を守ってやってほしいと思います。

私の場合は、「励ます人がいる」ことを感じさせてくれる先生がいました。中学一年生、一三歳のときでした。先述したように、中学三年生で私は、そのマンモス中学の生徒会長までやるのですが、入学したばかりの頃はメチャメチャな精神状態でした。死ぬことばっかり考えていました。きっとひとりのときは暗い顔で歩いていたと思います。

そんなある日、学校で廊下をひとりで歩いていました。教科担任の男の先生が向こうから歩いてきました。照れ屋で有名な、少しことばがスムーズに出てこない、つまり「ア、ア、アノー」という風にしゃべる癖のある先生です。この、ことばにつまるところを男の子たちからはからかわれていました。その先生がスーッと私の方に近づいてきて、私の顔をのぞきこんで、先に先生の方が赤くなって、「よ、よ、よ……」と言い始めました。私はびっくりして先生の顔を見つめました。先生は驚くほど力をいれて、

「よ、よ、よー、がんばりゆう」

と言ったのです。そして、向こうへ行ってしまいました。

私はエッ？　と思いました。何？　と思いました。最初はわかりませんでした。

次にまた先生と会いました。またスーッと近づいてきて、言いました。

「よー、がんばりゆう」

そして、このときは私の顔を見てニッコリ笑いました。つられて私も知らないうちに笑顔を返していました。

先生が行ってしまった後、私の胸の中に急速に、ある暖かいものがあふれました。

「ああ、私を見ててくれた人もいた」

そう思いました。それは先生の言った「がんばりゆう」ということばの「ゆう」から伝わるものでした。これは土佐の方言です。「〜している」という意味に、ある種の感嘆の気持ちもプラスされているというニュアンスです。だから、このときの先生のことばを東京のことばに置きかえると、「よく、がんばってるなぁ」といえばいいのでしょうか。がんばれという「励まし」ではなく、がんばっていることを十分認めてくれて、その上でそれに感心していることばでした。

うれしかったです。ほんとに天にも昇るといえばいいのでしょうか。歩いている廊下が雲に見えて、私は歩いていたはずですが、雲の上をスキップしながら走っているという気分でした。認められるというのは、こんなにもうれしいことなのだと、心から思いました。

この先生が、私の置かれた状況を詳しく知っていたとは思いません。職員室では私の担任と机を並べていましたし、ふたりはなかよしでした。しかし担任も私の家庭のことを詳しく知っていたとは思えません。

先生としては何げなく言ったのではないでしょうか。でも受けとる子どもの側の実情で、何げないことばが一生を左右するものになる場合があります。私にとって、そのとき、その場の私にとって、先生のひと言は、「生きていてもいいんだよ」というメッセージとして届きました。そのときでなければ、例えば小学校五年生のときもそういうことばに出会っていたのかもしれませんが、そのときでなければ届かないことがあります。いつもそんなことばをかけられるはずはありませんし、そうしようと思ってできることでもないと思います。私も、先生たちにそうしてほしいと言っているわけではありません。ただ、教員やまわりのおとなたちはせめて、子どもが傷つくことばを吐かないようにはできるのではないかと思うのです。いつも、子どもを励ます人はいる、それを伝えることはできると思います。ことばかけの前に、子どもは叱らないとダメになるととらえるか、どの子も生きて、ここに来ているだけでがんばっているのだととらえるか、要は子ども観の問題だと思います。

私はこうして、主として当時の学校教育のなかで救われていきましたが、それには教員の側に大きな理由があったのだと思います。たまたまそういう先生と私が出会えた幸運な話というのではなく、教員の側に子どもを見る、共通の思いがあったのだと思います。そしてそれは今から思っても重大なことだったのです。

この当時の教員たちは一九五六年（昭和三一）秋、愛媛県から始まった勤評問題に揺れておりました。教職員の昇給昇格を、県の教育委員会（既に公選ではなく知事、市長などの任命で選ばれていた）が評定する、つまり先生たちの給与や身分を首長が評価して決めるという勤務評定問題です。全国で強い反対運動がわき起こり、高知県の先生たちはなかでも一番強くかつ長い期間、反対を叫びました。

私の通っていた中学校でも、各学校から教員たちが集まり、中庭で反対集会を開いたりしていました。私たち生徒は窓に鈴なりになって、先生たちに「がんばって！」と手を振っていました。先生たちもそれに応えて「オー」なんてやっていました。

この運動は一九六〇年代初めまで続きます。私は小学校四年生から中学校三年生ぐらいでした。中学校一年生、先生に救われる前後、この闘争は燃え上がっていて、先生たちは教室でこの闘いについて語ってくれました。一番わかりやすく教えてくれたのは社会科の先生でした。たしか、こんな風に話してくれたと記憶しています。

「君らも、勉強の点数だけで決められ、判断されるのはイヤやろう。5、4、3、2、1で人間の価値は決まるもんやないのに、まるで5をとった人はエライ、1はダメな人みたいにいわれる。それはイヤやろう。ぼくらはその5、4、3、2、1に反対してきた。しかし今度はぼくらも5、4、3、2、1で給料まで決められようとしている。それがキンピョー（勤評）や。ぼくらも弱い人間やから、5をもらうために校長先生や教育委員会の人にどうしてもええ顔をしようとしてしまう。そしたら、教師が君らの方を向かずに、上の方ばっかり向いてしまう。それは教育の死を意味する。ぼくらはどこまでも反対を掲げて闘う」――。

私に届いたのは、「君らも5、4、3、2、1と決められるのはイヤやろう、ボクらもイヤや、どっちにも反対する」ということばでした。今だったら、生徒も評価されそれに耐えているのだから先生も耐えろ、となってしまうような気がします。低い方に合わせる平等といえばいいのか、公務員が○○円給料もらっているのはおかしい、民間並みに下げろという考え方と同じです。しかし当時の先生たちは、この例に当てはめれば民間を公務員並みに上げろ！　ということになります。高い方に合わせる平等を、私たちに伝えてくれました。強いところに向かって闘う、それを伝えてくれました。

それから四〇年近くたって学校現場を取材で訪れたとき、私にとって一番ショックだったのが「いじめ」でした。そしてそれは、この低い方に合わせる平等の意識に原因があると、私は思いました。なぜ「いじめ」を傍観するのか、なぜ止めろと言わないのかと問う私に子どもたちは、止めたら次のターゲットは自分になると言いました。「いじめ」る子となんでみんなで闘わないのかと問うと、沈黙しました。上に向かって、強い者に向かって闘うということはとても困難な状況になっていることを知りました。「いじめ」は、自分より弱い者を「さがす」行為だと、私は思っています。

「いじめ」は、勤評闘争、学力テスト反対闘争などの後、教育が「上に向かってノーと言わない子をつくる」方向に進み、それが一定の効果を得たことの証明です。そしてさらに言えば「ノーと言わない子」が「いい子」とされ、専門家になって生き延びるなかで、危ないことを危ないと言うこともできない原子力の専門家を生み、福島第一原発の事故にまでつながっていくのです。

私は、その前の時代、みんな貧しかったけれど、強いものに向かって抗議の手を上げていく、そういう平等観を持っていた時代に育ちました。だからそれ以後の時代との違いもわかります。私を助けてくれた先生たちの背景には、先生たち自身も、不当なものに対してノーと言う姿勢があったのです。おとながこの姿勢を見失ったとき、「いじめ」も「児童虐待」も「老人いじめ」も起きていきました。

児童虐待は増えている

いくつかの講座などで次のような質問をよく受けます。

「児童虐待の件数は増加しているのでしょうか。虐待防止法ができて、通告義務が生じ、通告そのものも一般的になって、通告が増えただけで、件数そのものは変わらないのでしょうか」

以前はこういう質問に対しては「わかりません」と答えていました。最近は「増えているのではないかと考えています」と答えます。児童虐待に関して、虐待の通報件数や虐待による死亡件数、各機関への相談件数などはデータとして出ます。正確であるかどうかは別にして数字は出ます。しかし実際に児童虐待が増えているかどうかは、データとしては出てきません。だから「わかりません」がまじめな答えです。しかし、あまりにも多くの親が「しつけ強迫症候群」(私が勝手につけた言い方)にかかっています。

「三歳の子が悪いことをして、いくら叱っても素直に謝りません。ハイは？ とたたいたら泣くし、ドアの外に出して、泣いて、近所の人の目が気になるので部屋に入れると、わかった？　ハイは？　ときいても泣くだけ。私の方がカッとなって、このままいったらこの子はワガママでメチャクチャな人間になってしまうのではないかと不安です」なんて質問が、程度の差はあれたくさん届きます。メチャクチャなのはこの母親です。

そしてこの質問のなかに、いくつか虐待の芽が見えます。

たたく、外に出す、親の方がカッとなる等、三歳の子どもに対してやることではありません。言ってすぐハイとなるわけもないし、冬の夜、戸外に幼児を出すことは明らかに虐待ですし、何よりもこんな幼い子にまともに「カッとなる」状態が虐待の始まりなのです。

最近多くなっている親の、幼児、子どもへの対応でとても気になるのは、「いうことをきかないので食事を与えない」ということです。「いくら言ってもウソをつくので、わかるまで食事を与えないでおこうと思うのですが、それはまちがいですか？」等、公然と質問されると、私は間髪をいれず「そう、まちがいです」と答えてしまいます。ふだんは、悩める親たちの疑問はできるだけ聞きとって、ゆっくり考えながら答えていこうと思っているのに、こういう問いにはつい冷静さを欠いてしまいます。

子どもに、どんな事情があれ、食べ物を意識的に与えないのは虐待です。食べ物がないなら、手に入れる努力を親はしなければならないのに、あるのに与えないのは、生きものとして信じられない、考えられないことです。私の母なんて、父が収入がないため、三人の幼児を抱えて、ナリもフリもかまわず必死で働いていました。質屋にも行った、下げたくない頭もあちこちで下げた、と言っておりました。福島の義母も、三〇歳から徒弟奉公でペンキ職人になった夫を支え、姑、三人の幼児を、「ただ食べさせることだけ考えて生きた」と言っておりました。「週一回だけ、近所の店で納豆が安売りになるんだ。それをできるだけ買って、毎日、納豆だったぁ」と義母が言っておりました。

今、食べ物は、この国では一見したところ豊富にあります。そのために、食べ物を与えないという罰を与えて、などと考える親が多くなったのでしょうか。私にはわからない感覚です。食べ物を与えないほどの罰を与えてもわからせなければならないほどの「しつけ」は、そんなにいっぱいあるのでしょうか。私にはこれは「しつけ」というより、親の権力濫用のように思えるのですが……。

私の、今三四歳になる息子が小学校六年生の終わり頃から高一の初め頃まで、ものすごい反抗期でした。おとなになってから息子がこのことをほとんど「覚えていない」と言ったときはガッカリしましたが、私にはけっこうつらい四年間でした。ものが言えないのです。たまに家にいて、「お帰りなさい」と言うと、「なんで、そんな、むだなこと言うの?」なんて返ってきます。ムカーッとします。出かける様子なので「どこ行くの?」と聞くと、「どうしてそんなにボクのことだけ気になるのかなあ」と言います。逆ナデされるといえばいいのか、いちいちこちらの神経にさわる言い方で、こうして書いていても思い出して、またムカつきます。その息子にも一昨年、男の子ができて、あと一〇年もすれば息子も私のこの思いを味わうのだろうと、ひそかにその日を楽しみにしておりますが。

そういう親子関係の極めて悪いときも、私は子どもの食事を抜くなんて、思いもよりませんでした。怒って出ていった日も、電話でケンカして「食事は要らないから!」と言われたときも、私は、バカみたいに息子の食事も同じように作りました(正確に言えば、作ったのは夫。私は手伝いのみ)。作りながら「この野菜は彼は好きだから、喜ぶよね」などとしゃべりながら。つまり、息子とケンカしても口を利かなくなっていても、衣・食・住は別のものとして子どもに保障するというのが、考えるまでもない当然の姿でした。

怒って出ていった息子が深夜に帰宅して、テーブルの上の私の手紙の「このおかずは○分間チンして」という指示どおり、チンと、音が聞こえます。それを聞いて、心配で眠れなかった私も「おっ、帰って来たな。食べてるな。よかった、よかった」と、眠りにつきます。

おとなになってから息子が、

「あの日はとうとうあきらめられたと思った。でも行くところもないし、そーっと帰ってくるとごはんが用意してあってサ。〇分チンして食べろなんて書いてあった。食べながら、涙がポロポロあふれてサー」

と、てれくさそうに言っていました。

そんな風に伝わることもあります。またずっと後になって、「あんなに悪かった自分に、親はずっと心配してごはん作ってくれたなあ」(私の友人のことば)などと、伝わることもあります。そう、食べ物は、親の存在を示す一番いい材料なのに、「しつけ」のためにそれを手放すなんて、こういうのを本末転倒というのではないでしょうか。

こういう、親の側の、「しつけ」なければこの子はダメになるという強迫観念が強くなっています。「しつけ」なければ「この子はダメになる」、「しつけ」をしない親は「甘い」、「甘やかせるとろくな人間にならない」――こういう言い方は、どこの誰が言い出したことなのでしょうか?

そういう言い方があまりに多いので、少し聞いてみたことがあります。ほとんどの人が「自分の親から言われたし、今も言われている」と答えました。どうやら「しつけ強迫症候群」は、今や二代目になっているようです。私より少し下の世代、いま五〇代半ばぐらいの人の子どもたちが、その次の世代の幼児に、「厳しくしなければ」と言っていることが多いようです。

いま五〇代半ばの人というのは、一九六〇年ちょっと前頃の生まれでしょうか。おそらくこの国の高度経済成長のまっただ中で育った人たち、「期待される人間像」によって育てられた人たちでしょう。勝ちぬくこと、それが一番の価値になって自分をつくってきた人は多いと思います。その人たちの子育ては多くの場合、わが子を順番のなかで確認することになったと思われます。わが子に、まけるな、しっかりしろ、甘かったら生きていかれない、などと叱咤激励することが多かったのではないでしょうか。こういう「しつけ」観の増加を見ると、児童虐待は増えていくしかないと、私は思います。

昔、子どもはおとなの〝道具〟でした。六、七歳から炭鉱で働かされたり、親を養うために物乞いをさせられたりしました。最初に、こうした子どもの存在を「おかしい」とおとなが理解したのは、一八世紀、イギリスの産業革命の頃だったといわれています。そこからたかだか二百年ちょっと。子どもは「保護されるべき」ものという認識の歴史は、まだとても短いです。この国でも、私が幼かった頃、六〇年ほど前まで、口べらしとして子どもが遊女として売られたりしておりました。今の幼児ポルノなどの権利侵害と決定的に違うのは、六〇年前は「公然」と、子どもが売られていたのです。今は「違法」です。そのくらいの知恵が、やっと、おとなについてきたといったところです。

歴史が短いため、子どもをひとりの人間として尊重していく思想は、まだまだ広く深くはなっていません。「しつけ」なんて、元々は「生きるための技術を伝える」ことだったではないですか。「生きるための技術」として、箸の持ち方、あいさつすること、他人に不快な思いをできるだけ与えないようにすることなどを、時間をかけて、それこそその子が社会に出ていくまでに、伝えることだったはずです。いつから「しつけ」が、その場で子どもを沈黙させること、ビシバシやって言うことをきかせることになってしまったのでしょうか。

今、子育て中の人から、「子どもを愛しなさいと言われるけど、愛し方がわかりません」という問いが、たくさん届きます。私は、「一生懸命働いて、子どもを飢えさせず、雨にぬれない家を用意して、寒くないように暑くないように着せてやれば十分です」と答えます。しかし今の人たちは、これはそこそこできているので、さらにその上の「愛」を自分に要求しています。だから付け加えます。

「それがそこそこできているなら、子どもと遊んでやってください。子どもに笑顔を見せてやってください。子どもに関心を寄せ、いっしょに生きればいいんですよ」

こんなあたりまえのことを言わなければならない時代です。「愛情不足」ということばに脅え、どこまでが「愛」でどこからが「不足」なのかわからなくなっているのです。「それを数値で表わすものはありませんか？」と問うた若い女性もいます。教育は、いったい何をしてきたのかと思います。

児童虐待も「いじめ」も、子どもをどう尊重していくかにかかっています。やっと法律で大枠が決まっただけです。それでも枠がないよりはずっとましです。それをもっともっと実のあるものにしていきたいと思います。

しかし、虐待を防ぐためと称して、ますます親の愛情などというわけのわからない精神論が幅を利かせています。私が言いたかったのは、おとなの生き方として、自分が不当に扱われていないかどうかを考えること、不当だと思ったら個人としても堂々と抗議すること、つまりおかしいことはおかしいと表現することが大事だということです。

もう一つ、わが子を親である私だけが立派に育てなければという、まちがった思いこみを捨てることです。多くの人が子育て中にはどうしようもなくなるのですから、どうしようもなくなったら、まわりの人、機関に、相談してください。この相談も「甘えている」ことではなくて、「おかしいことはおかしい」と言っていくことの一つなのです。そのために私たちは税金を払っているのです。そのために増税されるなら、つまり、しんどい人が助かるための増税なら、私は賛成です。

たくさんの、子どもを共に育てる場をつくること、そのために要求を出していくこと、それが大切だと言いたいのです。上に向かわず、自分より下の人を見つけて安心する時代になりかかっていたと思います。それが「いじめ」を生んだと思っています。

今回の大震災で私たちは、生きることの原点をくっきり見せつけられました。もう一度、長崎、広島を見せつけられています。たくさんの死者・不明者が私たちに何を求めているのか、残された人間が助け合って、心から助け合って、命を大事にする社会をつくること、それしかないと、私は思っています。

中三のときの担任が教えてくれた「命」

中学一年生で救われた私の幼児期からのことを書いていて、そのまま児童虐待の方にいってしまいました。どうしても私にとって避けて通れない部分ですから。少し元に戻します。

私は当時の学校に育てられたと思っていますが、私のことをきらった先生もいたし、励ましてくれた先生もいました。これはいつの時代も変わらないと思います。しかし当時のシステムで良かったのは、いろいろな先生がいたということです。優等生の教員ばかりではなく、かなり個性的な先生たちがいたのです。むしろ優等生は少なかった、いわゆる「でも、しか」教師、教師にでもなるか、教師にしかなれないか、といったところにいた人が教員になった時代でしょう。私はこの「でも、しか」教師のときの方が良かった、生徒にとっては、と思っています。

今は教員になるのは教員の子だったり（それだけで良くないわけではないけれど）、「学問」ではなく学校の勉強がよくできる人しか教員になれなかったりします。優等生の教員は、勉強がわからない子のつらさがなかなかわかりません。その子の努力が足りないとか、家庭環境が悪いと決めつけたりすることがあります。わからない子のつらさをわかる、そういう教員が増えてほしいと思いますが、そういう人は教員として採用されないことも多く、問題は深刻です。その上、日の丸・君が代に対しての態度まで強制されて、それに抗議した人が学校に居づらくなる政治状況では、子どもたちの自由はますます削られていくと思います。こうした問題も、子どもの側から考えることが大事だと思いますが。

中学三年生のときの担任はHという男の先生でした。中一で私を助けてくれた先生となかよしで、いつも生徒を笑わせてくれました。だからにぎやかなクラスで、隣の「静かな」クラスの先生から叱られたりしていました。そんなときH先生は舌をペロッと出してみんなの方を向き、叱っている隣の先生には「申し訳ない」とまじめな顔で謝って、クラス中にクスクス笑いが広がって、叱ってきた先生もつられてとうとう笑い出して……そんな先生でした。どの子も叱らない、ひたすらやさしい先生で、私は、単に「やさしい先生だな」と思い、そのユーモア感覚が好きでした。

卒業式で私は答辞を読みました。生徒会長だったから、それだけの理由でした。式で、自分の書いたものを読んでいると、前に立ってこっちを見ている担任が、私に向かって何か言っています。もちろんシーンとした中ですから声には出しませんが、口と目で何か言っています。読みながら、その声にならないことばを聞くと、「泣け、泣け」と言っているのです。つまり、卒業式なんだから、ここで泣かなければ絵にならないというわけです。隣に立っている、中一のとき私を助けてくれた先生がそれを理解して、プッと吹き出しました。私も思わず笑い出しそうになって、懸命にこらえました。

後で担任に「あんなとこで、泣け、泣けと言われたら、逆に笑ってしまいます」と言うと、「いや、悪かった。ちょっと演出しちゃろうと思うたけんど、さすがにお前は、ひっかからんかった。大したもんや」と、ほめられているんだかけなされているんだかわかりませんでした。

三〇年後、私は高知市の先生たちの会に呼ばれ、講演をしました。ものすごく恥ずかしくて、断ろうかと思いましたが、高校のときの先輩が中に入って計画されて、夫とふたりで出かけました。聴いてくれる先生や親たちはすっかり代がわりで、初めての人たちばかりです。その点はラクだったのですが、夜、食事の席に、中三の担任のH先生が来てくれました。中一のときの先生はもう亡くなっていました。

H先生はとっくに定年退職をされて、そのときは病気の後で、杖をついて、来てくれました。病気にさわるから「酒は禁止じゃ」と言いながら、グイグイ飲んで、私が心配して止めようとすると、「お前はちっとも変わらんのう。まわりのことばっかり心配して」と言いました。そしてとつぜん、私の夫の前に座り、両手をついて頭を下げたのです。

「いや、ありがとう、よう、こいつを嫁にもろうてくれた。こいつは、嫁に行かんのじゃないかと心配しよった。それを、子どもまでできて、ありがとう、ありがとう」

夫はびっくりしていましたが、いや、こちらこそなんて、ピントはずれの返事をしていました。私は「嫁」だの「もらう」だの、先生やっぱり年や、古いなあと思いながらも、ああ、こんな風に、まるで父親のように心配してくれていたんだと思うと、胸が熱くなりました。「先生、もろうてもろうたんとちがう。私が選んだがや」なんて言うと、「ほら、こんなエラそうなこと言うやろ。よう、こんなのをもろうてくれて、わしゃ、うれしい」と、目に涙がにじんでいて、ドキンとしました。カツオのたたきなど食べながら、楽しい時間でした。

宴も終わろうという頃です。H先生が私にポツリと言いました。

「わしは、一二人の子どもを殺したんじゃ」

びっくりして私は持っていた小皿と箸を置きました。H先生は、酒のせいだけでもないらしくまっ赤な顔をして、つぶやくように言いました。

「わしは、あの紫雲丸に修学旅行の生徒を乗せて、いっしょに乗っちょった」

一九五五年（昭和三〇）五月一一日、当時の国鉄宇高連絡船（岡山県宇野と香川県高松を結ぶ連絡船、一九八八年、瀬戸大橋が完成して廃止された）・紫雲丸が瀬戸内海で濃霧のため貨物船と衝突して沈没しました。修学旅行の小・中学生など一六八人の死者が出て、大さわぎだった事故です。その後、私の学校に転任になって、H先生は前任校でクラス担任になったというのです。その後、私の学校に転任になって、H先生は前任校でクラス担任になったということでした。中学生のときは、私はそのことを全く知らなかったし、さらに三〇年たったそのときまで、知りませんでした。初めて聞く話でした。

「わしは、生きてしもうた。学校に帰って、死んだ子らぁの親に責められて、わしは、死にたいと思うた。つらかった。顔も上げれんかった」

私も夫も、じっとH先生の顔を見ました。

「あの子らぁは、海のそばで育って、みんな泳ぎは得意じゃった。それが、一二人も、おぼれて死んだ。なんでか、わかるか？」

私は首をふりました。

「あのとき、ほとんどの子はわしらといっしょに船の甲板におったんよ。それが、衝突して沈みそうになったとき、みんな、船の底に走ったんよ。そのまま飛び込んじょったら助かったのに、なんで、船室に走ったか、わかるか？」

また私は首をふりました。

「みんな、荷物取りに行ったんよ。荷物というよりスーツケースとか、カバンとか、それを取りに行ったんよ。ほとんどが、借り物やったんよ。修学旅行いうても、立派なカバンとか、みんな、持ってなかった。親が近所や親せきに頭下げて借りてきて、大切にせえよ、キズつけたらいかんでいうて、子どもに持たせたものやったんよ。それを思い出した子どもらは、あのカバン、ちゃんと返さんといかんと思うて、走ったんよ……」

H先生は泣いていました。私も涙があふれました。わかるのです。そのときの子どもたちの気持ちが。物のない時代、はれの修学旅行、親が借りてきてくれた立派なカバン、それをなくしたら大変と、船室に走る子どもたちの気持ちが、痛いほどわかるのです。

私はハンカチで涙をぬぐいながら、私たちがH先生に担任してもらったのは、何とその翌年だったのだ、とにかく子どもにやさしい先生だと思ったけれど、生きていてくれればいい、そう思って私たちを見ていてくれたのかもしれない、そう考えました。また、私の勝手な想像ですが、自分を〝生き残った者〟ととらえ、あとは子どもの命に寄り添って、そう思って教員をつづけられたのかもしれないと思っていました。

いろいろな人に支えられていると、よく使われることばです。そのいろいろな人というのは、一人ひとりに比較しようのない歴史があるということなのだと、思いました。私もまた、そんな歴史を持って生きてきました。原爆投下の翌年に生まれ、ストロンチウム90の雨にぬれて育ちました。これを書いている六月初頭の日、福島市とか伊達市とか、福島第一原発から六〇キロ以上はなれたところで、ストロンチウム89が出たと報道されています。そのまちに来年、帰ります。どこまでも原子力に抑圧された生涯だなあと、諦めに似た思いもありますが、まだ諦めるわけにはいきません。子や孫や、子どもたちにこのつけをまわすわけにはいきません。ノー！　と言っていく姿を見せていきたいと思っています。

レンゲの花が踏みつけられても、ジワーッと身体を伸ばしていく、まわりに支えられながら――書いてみて、そんな私が少し見えてきて、けっこうがんばってきたじゃない、と思えてきました。

おわりに

記者になってから三〇余年、ずっとその時代の子どもの問題を見つめてきました。虐待、いじめ、不登校、自殺等々、「事件」として大きく報道されたできごとから家庭の中の親子ゲンカに至るまで、取材・相談・講座等を通して、子どもの現実とぶつかってきました。問題のほとんどは、人間関係づくりのゆがみ、学校教育のタテマエ化、ひどい競争にさらされて育つ環境など、子どもが育つ「時代」に原因があると思っています。

二〇〇八年の東京・秋葉原の無差別殺人事件の背後には、県内トップ校にわが子を入学させたいという母親の強い要求があり、二〇一〇年大阪市西区でおきた三歳と一歳の子どもを六月半ばのマンション内に置き去りにして死なせてしまった事件の背後には、相談したけれど助けてもらえなかった社会と、母親なのだからがんばらなければという、強迫観念に近い思い込みが「まわり」にも母親本人にもありました。

私はそれらの問題をきちんと取材もできないまま、しかしその都度、何か言わなければと背中を押される思いで、いくつかの本を書いてきました。中途半端なものばかりですが、多くの人に読んでいただき、感謝しています。

一度、落ち着いて自分の生い立ちと戦後教育の歴史を、「現在」から見つめたものを書いてみたいと思っていました。そんなとき東日本大震災が起きました。夫の故郷・福島が地震、津波、世界史上類を見ない原子力発電所の事故に襲われました。怒りと哀しみで眠れない日々をすごしましたが、ここから書き始めるしか方法はありませんでした。

そして、「現在」のこの悲惨な事故は、戦後のある時期からつくられてきた人災であったことを、あらためて確認しました。テストでいい点をとるための勉強、他の人を押しのけて生きることが「勝つ」こと――そういうところで生きてきたけれど、そのことが生命を脅かされ、豊かな自然を奪われる「現在」とつながってきたことに、もう気づかなければならない、そうしなければ「福島」の苦しみが無駄になってしまうと思いました。

私は来年（二〇一二）の夏、夫と共に福島に帰ります。福島は放射能に襲われていますが、私にはやさしい人々が住む場所です。そこで終点を迎える覚悟でおります。

今回は一つの区切りとして書きました。まちがいも多々あると思います。指摘してください。書きおろし故の雑な文章にていねいに対応してくださったけやき出版の宮前澄子さん、励ましてくれた酒井杏子さん、ありがとうございます。

二〇一一年八月三日（六五歳の誕生日に）

青木　悦（東京・文京区の自宅にて）

著者略歴

青木 悦（あおき えつ）

1946年、高知県中村市（現・四万十市）生まれ。

教育ジャーナリスト。「朝日中学生ウィークリー」「ふぇみん（婦人民主新聞）」記者を経て、現在、「いじめ」など子どもたちの状況を取材・執筆するとともに、全国各地で講演活動を行っている。

主な著書に、『「子どものために」という前に』『泣いていいんだよ』『なぜそんなに「まわり」を気にするの？』『たいせつなことは…』（以上、けやき出版）がある。

やさしく生きたい――私を育ててくれた戦後教育と四万十川

2011年9月15日　第1刷発行

著　者／青木　悦
発行者／清水　定

発行所／株式会社けやき出版
〒190-0023 東京都立川市柴崎町3-9-6 高野ビル
TEL 042-525-9909　FAX 042-524-7736
http://www.keyaki-s.co.jp
装　丁／株式会社アルファ・デザイン
DTP／ムーンライト工房
印刷所／株式会社クリード

ISBN978-4-87751-451-8　C0037

●けやき出版　青木悦の本●

「子どものために」という前に
——子育て 私の場合

子育てに正解を求めてさまよう人がいます。失敗したと、自分を責める人がいます。誰にでも当てはまる正しい子育てなんて存在しないこと、あるのはただ子どもといっしょに悩み、泣き、喜び、子どもと共に生きること。親が直面する悩みをともに考えます。

1400円

泣いていいんだよ
——母と子の封印された感情

家庭を選んで生まれてくることのできない子どもが暴力にさらされ、おとなになってまた暴力で人を支配する。その連鎖を断ち切るため、まず励まし、暴力を受けていることを認識する必要を、自身の生い立ちをもとに語ります。

1400円

たいせつなことは…

——子どもと生きる「あなた」への手紙

「まわり」を気にし、家族や友人、隣近所とうまく付き合うために気配りをする。それは、実は「自分」が傷つくことを恐れて「まわり」に合わせているだけなのではないでしょうか。

1400円

なぜそんなに「まわり」を気にするの？

——親と子をめぐる事件に思う

「私のこと」「子どものこと」「まわりとの関係」……。悩める若いお母さんから届いた21通の手紙に、青木さんが希望を添えて心をこめた返事を書きました。

1100円

＊価格は税別